絶倫騎士さまが離してくれません！

序章　拝啓お父さま　元英雄騎士を見つけました

重い鎖が音をたてる。

鉄格子の向こうでは、一人の男が奴隷商人の部下の男たちに押さえつけられ、地面に這いつくばっていた。

赤銅色の髪は汗と汚れで絡みつき、伸びた前髪が彼の表情を隠している。

日焼けした身体は痩せこけていて、昔の面影など何ひとつ残っていない。

それでも。こんなに暗くて臭く、かびっぽい牢ですら、わたしの目の前は一気に明るく彩られたような気がした。

（見つけた……！）

ひどい状態ではあるけれど、この人だ。間違いない。

調べたかぎり、この人に犯罪歴はない。けれど『奴隷としても使いものにならない』という烙印を押されてしまった彼はひどいものだ。この暗い地下室で、あとは死を待つだけ。

「お嬢ちゃん、こんな死に損ないで本当にいいのかい？」

わたしの隣に立つ奴隷商人が怪訝そうに訊ねてくる。

わたし、シェリル・アルメニオの答えはひとつだ。

「もちろん」

奴隷を買う、という行為に戸惑いがないかと問われれば、答えはノーだ。それでもわたしは、彼を助けるためなら何だってする。あとで彼に罵られても構わない。

這いつくばっている彼が、ほんのわずかに顔を上げた。ぼうぼうに伸びた彼の前髪がはらりと横に流れ、その奥から赤い瞳がのぞき見える。

相当痛めつけられているだろうに、彼の目は死んでいなかった。

彼を買うという意志をわたしが見せたからだろうか。彼は威嚇するようにわたしを睨みつけた。ギラギラとしたその瞳に映るだけで、ゾクゾクしてしまう。

ごくりと唾をのむわたしに対し、奴隷商人は心底不思議そうに語りかけてくる。

「こいつは堕ちた〈赤獅子〉っつう噂もあるが、真偽のほどは定かじゃあねえ。なんせ、流れに流れてここに来てるからな。ウチではこの男の身の上を保証できねえ。それでもモノ好きがいるだろうからって生かしておいたが……お嬢ちゃん、本当にモノ好きだな？」

「彼よ、間違いないわ」

「ハッ、そうかい。……〈赤獅子〉は優秀な魔法使いって噂だったが、どうだろうな。魔力が本当にあるのか、封じられているのかすら、俺たちにゃあわからねえ。持ち帰ってからまともに働かねえ、魔法が使えねえ、言うことを聞かねえ……って返品は受け付けねえぞ」

わたしはボロボロになった彼――かつて〈赤獅子〉と呼ばれたデガン王国の英雄、そしてわたしの初恋の人でもある、レオルド・ヘルゲンの姿をしっかりと見据えた。

「ええ。わたしは、彼を助けに来たの」

その瞬間、レオルドの両目が大きく見開かれた。

奴隷商人は、彼が〈赤獅子〉だなんてガセだと思っているのだろう。肩をすくめながら言い捨てる。

「本当にいいんだな？　後悔するんじゃないぞ」

「もちろん」

「わかった。商談成立だ」

レオルドは驚きで目を丸くしていたけれど、それも一瞬のこと。すぐにハッとしてわたしを睨みつける。どうやら、わたしに対する警戒心はまだまだ解けないみたい。

まともに言葉を話せないにもかかわらず、拒否する意志をハッキリ示す。そこに彼の気高さがあった。

「契約書は上の階でな。それを用意する間に、奴隷の支度をする」

奴隷商人はそんなことを言っているけれど、わたしの耳には入らない。だって、こんな状態のレオルドを、他の人間に任せられるはずがない。

身体のあちこちに、鞭で打たれたような痕や刃で斬りつけられたような痕が残っている。どこもかしこも内出血しているのが痛々しい。古傷だけでなく生傷もあるようで、今すぐにでも治療してあげたい。

見ていられなくなって、わたしは彼の閉じ込められている檻のなかに駆け込んだ。

「あっ、オイ！　嬢ちゃんは、上だって——」

「ちょっとだけ」

制止する声を聞かず、わたしはレオルドに近づいていく。

彼は取り押さえられたまま、ますます顔を強ばらせた。

彼にとってわたしは、自分を飼おうとしている人間だ。だからひどく敏感に反応しているのだろう。

警戒し、レオルドを強引に押さえつけようとした周囲の男たちを、手で制す。

「彼に乱暴なことはしないで」

レオルドが嫌がることはしない。絶対に。彼にそれを伝えるためにも、わたしははっきりと言いきった。それから、彼の首元に繋がれた物々しい首輪を見つめ、目を細める。

黒くて鈍い金属のようなそれは、〈隷属〉奴隷の証。契約が結ばれたところで、この首輪だけは外されることはない。けれど——

「外していいの」

枷も、何もかも、全部。

「く、……る、な……っ」

彼がうめいた。

単語を口にするのが精一杯というかのような声で、いまだにわたしを威嚇している。

（まともな言語能力すら奪われているのね……）

文脈を成さない言葉。かろうじて、単語を吐き出すだけ。

それが彼を縛った魔法の効果であることくらい、わたしにはわかる。

「レオルド・ヘルゲン」

彼の名を呼んだ。

わたしは彼の目の前で膝をつき、その頬に両手を添える。

その瞬間、ピリ、と、彼を縛る〈隷属〉魔法の存在を感じて眉根を寄せた。

レオルドはこぼれ落ちそうなくらいにその目を見開く。

「……う、あ」

意味を成さない言葉を発した彼は、ただただ狼狽えている。先ほどまでの敵意が嘘のように、戸惑い、ぎゅっと唇を引き結んで。

そんな彼に、わたしはゆっくりと、慎重に笑いかけた。

「もう大丈夫。あなたを迎えに来たの。わたしはシェリル・アルメ――……キャッ！」

がちゃがちゃっ。彼を繋いでいた枷の鎖が音をたてる。

四人もの男たちに押さえつけられていたはずなのに、彼は周囲の男たちを払いのけた。そして――

「レオルド？」

なぜこんなことになっているのかわからない。

けれども、わたしは今。たしかに彼に、ぎゅうぎゅうと抱きしめられていたのだ！

「っ⁉　あの⁉　レオルド⁉」

驚きで、わたしはぱちぱちと瞬いた。

まさか出会い頭にこんなことになるとは思わなかった。

相手は奴隷で、ボロボロで今にも倒れそうなのに、わたしを抱きしめる力はとっても強くて、男らしい。

以前と比べるとげっそりと痩せているけれど、こうやってくっつくと、身体がとっても硬くて。なんていうか、やっぱりわたしとは全然違う生き物なんだなあって実感する。

うっかりどぎまぎしてしまい、あわあわと視線を泳がせる。

すると、ずっ、と鼻をすする音が聞こえた。

（な……泣いて、る？）

あの〈赤獅子〉が？

彼に山賊討伐に行かせたら、どっちが山賊かわからないくらい相手を泣かせて帰ってきたっていう逸話の持ち主が？

『わがまま言ってたら〈赤獅子〉が折檻しに来るぞ』と子供への脅しにまで使われる、〈赤獅子〉が……？

あまりに乱暴者かつ態度が悪すぎて貴族の令嬢からは総スカンを喰らったけれども、ケロリとして下町の女を食い漁っていたっていうあの〈赤獅子〉がだよ？

涙という言葉からは最もかけ離れた位置にいるはずの存在が、わたしみたいな小娘にしがみついて泣いている。

（助けにきて、よかった――！）

どれほど苦しい生活をしいられ、ひどい扱いをされたら、人間はこうも変化してしまうのだろうか。少し想像しただけでも、胸が痛くなる。

「く……ね、え」

彼の目が、ぎゅっと細められた。そして、ますます強く抱きしめられる。

「いた、く——」

ぼそぼそと吐き出される単語をなんとか拾うと、おそらく、こう。

『痛くない』——そう呟きながら、彼はその場から動こうとはしない。

わたしをぎゅうぎゅうと抱きしめ、その汚れた肌を押しつけて、ずっ、と鼻をすすった。

そんな態度をとられてしまうと、わたしだって平常心ではいられない。彼を安心させてあげたくて、わたしのほうからも彼の背中に手を回す。

わたしの腕のなかでぐずぐずと鼻水を垂らす彼はまるで子供のようで、よしよしと彼の汚れた髪をなでた。

おそらく、〈隷属〉魔法の影響で複雑な思考を禁じられているのだろう。

ゆえに、彼の表情や態度は、非常にシンプルで子供じみている。

「大丈夫？　そのまま、立ち上がれる？」

ああ。と、彼は素直に首を縦に振る。それからわたしを抱きかかえ、のっそりと立ち上がると、ずずずっ、とふたたび鼻をすすった。

もともと鍛えているからか、あるいは体幹がしっかりしているからか、ボロボロの状態でも彼は思いのほか安定している。

　そのままの状態で、わたしは奴隷商人に声をかけた。

「少し、彼のためにお水をいただけないかしら？　もちろん、契約書はすぐに書きます」

　こうなったら、彼をこのまま連れて行っちゃおうと思う。ちょっとというか……相当臭うし、彼にひっつかれてわたしの服も汚れてしまった。

　でも、そんなことは本当に些末（さまつ）なこと。それよりも、彼がわたしを抱きかかえたまま動けるかどうかが問題だ。

「レオルド、歩ける？　このまま一緒に、宿に戻りましょう？」

　こくりと彼は頷き、一歩、もう一歩と前に動き出す。

　レオルドの前髪は伸びきっていて、少し動くと目が隠れてしまう。

　わたしは彼の前髪にそっと触（ふ）れ、後ろに流すように梳（す）き、彼の視界を確保した。

（前髪を後ろに流したら……本当に、昔の彼みたい……）

　痛々しいほどに、やつれすぎているけれど。

　ここに繋がれていたときは濁っているように見えた赤い目は、今はすっかり潤（うる）んでいる。それはつまり、彼の顔に感情が表れたということだ。

　わたしは懐（ふところ）からハンカチを取り出し、そっと彼の眦（まなじり）を拭（ぬぐ）う。彼はじっとしたままわたしの好きなようにさせてくれた。

　そして奴隷商人のあとに続くように、彼を閉じ込めていた地下室から外へと歩いていく。

こうしてわたしは、わたしを抱きしめて離さなくなった雛鳥(ひなどり)のような赤い瞳の彼を、そのまま宿へ連れて帰ることになったのだ。

第一章　拝啓お父さま　元英雄騎士が離してくれません

――拝啓お父さま
若葉萌える爽(さわ)やかな季節となりましたが、お変わりはございませんか？
シェリルは今、デガン王国の東の街ハルフラットにやってきています。
そしてお父さま。わたし、ようやく彼を見つけました。
ですが……わたし、どうやら彼の〈鎮痛剤〉になってしまったようです。

――ふふっ、あの手紙は無事、お父さまのもとへ届いたかしら。

わたしは遠く離れた故郷、商業国家フォ＝レナーゼを出るときのことを思い出す。

フォ＝レナーゼは、海沿いにある小さな国だ。ただ、国土こそ狭くはあるけれど、他国との貿易で栄え、活気のある国でもある。

――その日わたしは、フォ＝レナーゼの東隣に位置しているデガン王国に向けて出発しようとしていた。レオルドらしき奴隷を見つけたという噂を聞きつけたからだ。

「じゃ、みんな、行ってくるわね」

空は清々しいほどに晴れていて、旅立ちの朝としては最高だった。

商家の娘として、お仕事で旅することはそれなりにある。でも、この出発だけは特別だ。

家を出たところには、商会の仲間たちがずらりと並んでいる。その中央には、わたしと同じ淡い茶色の髪とはしばみ色の瞳を持った男女が並んでいて、心配そうにこちらを見つめていた。

ひとりは小太りで穏やかな表情をしたそばかすが印象的な男性。そしてもうひとりは、背筋をピンと伸ばした長身の凛々しい女性だった。彼女の鼻の頭にもおそろいのそばかすがあって――同じように、わたしにもある。

彼らはわたしのお父さまとお母さまだからね。わたしにもちゃっかり遺伝してるってわけ。

……お父さまとお母さまには血の繋がりはないから、二人のそばかすはただの偶然なんだけど。

ふふっ、不思議だよね。

で、さっきからお父さまは、悲痛な声でお母さまに泣きついていた。

「ううっ、なんということだ。こんな非情なことがあっていいのだろうか！　なあ、エマ！」

「まあ。シェリルをこの家に縛りつけようとしているあなたのセリフとは思えませんね」

「だって、だってぇー！」

「商人とは思えない甘ったれぶりですね」

お父さまのセリフをバシッとぶった切って、お母さまはわたしの前へと歩いてくる。

首元までかっちりとした、ダークグリーンのシンプルなドレスに、カメオのブローチ。派手さはないけれど、皺ひとつなく、清潔感と品のあるその装いは、わたしの尊敬するお母さまらしい。

普段はお父さまの秘書として活躍するお母さまだけれど、この日は母親の顔をしてくれていた。

「あなたの、幼い頃からの夢でしたものね。ふふ、家に残るかわりに、婿だけは自分の気に入った人を選ばせてって。幼いながらにしっかり交渉していた姿、忘れていないわよ」

古い話を持ち出されて、わたしはくすぐったくなってしまった。

それでも、わたしが好きなように生きることを許してくれたこの家には、感謝してもしきれない。

——だって、わたしは魔法使いだから。

魔法使いは、魔力を保持し、なんらかの力を使える存在だ。また、どこの国でもわずかにしか生まれないと言われている。

そしてわたしは、少し特殊ではあるけれど、そんな魔法使いのひとりだった。

特に女性の魔法使いはこの世にも数えるほどしかおらず、各国で保護の対象になっている。

わたしがこの自由な気風のフォ＝レナーゼに生まれていなければ——さらにこのアルメニオ家に生まれていなければ——とっくに親元から引き離されていただろう。女魔法使いという存在は、それほど稀少なのだ。

当然、わたしが魔法使いであると世間に公表されてからは縁談の嵐。

驚くほど高貴なお相手からのお声がけもあったけれど、齢十九になってもまだ独り身でいられたのは、ひとえに幼い頃に父と結んだ約束、そして我が家の家訓のおかげだ。

わたしは拳をぎゅっと握りしめ、お父さまとお母さまに宣言する。

「絶対、婿殿を連れて帰ってきます！」

「その勢いでぶつかって、かえって相手にされないこともありますからね。しっかり相手を見て、落ち着いてアプローチするのよ？」

「はいっ。頑張ります」

わたしはお母さまのチクッと刺さるアドバイスに頷きながら、お父さまを見る。

男性にしては小柄なお父さま。わたしの身長が低いのもきっとこの人の遺伝子で、ああ、家族だなあって思う。

この人が、わたしをずっと家族として守ってくれた。今は涙でぐちゃぐちゃで、とっても格好悪いけど、お仕事をさせたら辣腕で、すっごく格好いいお父さま。

「お父さま、約束を守ってくれて、わたしを行かせてくれて、ありがとう」

「シェリル、本当にあの男でいいのか？　いや、腕はたしかだし、我が家としてはその能力は買っているが……だが、あの男はっ」

「その話は議論をしても無駄だと言ってるでしょう？　あの人以外ありえないんだから！」

「うっ、うっ。シェリルが確実にアルメニオの血を継いでいてつらい」

お父さまの言うとおり、アルメニオの血を継ぐ者たちは、もれなく初恋の相手と結婚している。

そう。アルメニオ家は、初恋の人と添い遂げることを推奨する恋愛結婚至上主義の家なのだ！

それは目の前にいるお父さまも例外ではなく、キビキビと働く格好いいお母さまに遅咲きの一目惚れをして、猛アピールをしたそうだ。

十七回目のプロポーズでは「大店の跡取りは荷が重い」と袖にされて、十八回目でようやく受け入れてもらったらしく、努力の末にくっついたふたりなのだ。

三人のお兄さまたちだって、みんな奥さんとラブラブだし、お姉さまも幼馴染の大店の跡取りとするりと結婚して順風満帆、幸せそうだ。

アルメニオ家の者は生まれながらにして、自分を支えてくれる相手を見つける力——恋に対する直感とでもいうものに長けている。

これはアルメニオ商会の初代代表が運命の相手を見つけたときから脈々と引き継がれていて、この人だと思う人物を見つけたら絶対に逃がすなと言われている。

もはや家訓。世間が政略結婚だのなんだのと忙しいなか、我が家だけが絶対的な恋愛結婚主義をつらぬいているのだ。

「お父さまも、自分の直感を信じてよかったのでしょう？　お母さまみたいな素敵な奥さんをもらえて」

「それはもちろんっ」

「だったら、わたしを信じて？　わたしにだって、アルメニオの血が流れているのよ？」

すっきりと笑ってみせると、お父さまはぐぬぬ、と口を引き結んだ。

まだ納得のいかなそうなお父さまに、わたしは小さくため息をつく。

「ちゃんと定期的に連絡はするわよ。デガン王国はたしかに治安がよくないもの。だからアンナやキースについてきてもらうのよ？　何も心配はいらないわ」

「しかしだな」

「アナタ。一度決めたことをいつまでも渋り続けているのはみっともないですわよ？」

「ぐぬ」

再びバッサリとお母さまに切り捨てられて、お父さまはとうとう肩を落とした。

「それでは、行ってきます！」

わたしは明るい声で挨拶を残し、馬車に乗りこんだ。それから笑いながらお父さまたちに手を振って、さよならをする。

――そしてわたしは、小さい頃からの夢のために、隣国デガン王国の東の端、ハルフラットにやってきたわけだ。


――じょろじょろじょろ。

ここに来るまでのことを思い出しながらタオルを絞っていると、あっという間にタライの水が黒く染まってく。

ここは小さな宿の中二階の部屋だ。

早速レオルドを休ませようと宿をとったはいいものの、本来奴隷には部屋を貸し与えられないってことでさ。ちょこっとだけお代に気持ちを乗せて、昔は客室だったけど今は物置として使われているこの部屋を開放してもらったの。

で、彼を休ませられるのはよかったんだけど……今、わたしはなぜかレオルドのお腹の上に跨がるような体勢で彼の身体を拭いていた。

理由は簡単だ。彼が絶対にわたしを離そうとしなかったから。

このベッドに寝かしつけるまではなんとかなったけれど、問題はそのあと。

多少、いや、相当臭うのがどうしても気になっちゃったんだよね。傷の手当てをするなら、患部を綺麗にしないといけないしさ。

結果としてわたしはアンナに水を張ったタライを用意してもらって、彼に乗っかりながら身体を拭くというわけのわからない状況に追いやられているわけだ。

アンナは半笑いだったけどね……うん、わかっているよ。この状況、なんかおかしい。ついでにアンナってば、楽しんでいるよね？

アンナはわたしの付き人のひとり。わたしよりも少し年上の、亜麻色の長い髪の毛を三つ編みにした、キリリとした女性だ。護衛としても優秀で、昔からわたしのそばについていてくれる。

当然、今回の旅にも同行してくれているのだ。

だからお水や何やらは彼女に任せて、わたしはレオルドにつきっきりでいられるんだけど。

（ドキドキして、心臓がもたない）

いくら奴隷に堕ちてボロボロになっていても、やっぱり彼はレオルド・ヘルゲンだった。

汚れてくすんでいたけれども、赤銅色の髪も、長い前髪からのぞく赤い瞳も、厳つくて雄々しいその顔も、レオルド・ヘルゲンそのものだった。

顔がいいとか、悪いとか、そういう問題ではない。

彼は、レオルドなのだ。それだけでわたしから平常心を奪っていく。

（しかも、この、憂いを帯びた顔、ちょっとだけ安心して、険がとれたところとか……）

こんなときに不謹慎かもしれないけど、わたしの心をぐらぐら揺さぶってくる。

そのうえ、彼はたくさんわたしに触れたがる。

手だけよりも、身体全体でくっつきたいし、なんだったら頬だってひっつけたい――より多くの面積を触れ合っていたい、という感覚に支配されているようだった。

どうした事情か、彼はわたしと少しでも離れると、激しい痛みを感じるらしい。

今は気絶するかのように眠っているから大人しいけれど、今以上に離れようとすると、反動で強く抱きしめられる。

（あの、〈赤獅子〉がだよ？　子供のようにぎゅうぎゅう擦り寄ってくるとか、誰に言ってもきっと信じてもらえないよ）

ふうと息を吐き、わたしは改めてレオルドに視線を落とした。

わかってる。ドキドキしてる場合じゃないのは。

当のレオルドは、下穿きだけは替えてもらったとはいえ、それ以外にはなんにも身につけていない状態だ。ボロボロの汚れた服で寝かせるわけにもいかなかったしね。

だからほぼ裸の男に妙齢の娘が乗っかっている状況なんだけど、そこに一切の甘い空気はない。

（すっごい汚れ。髪もにちゃにちゃだったし、新しい傷が膿んでひどいことになってる……）

つくづく自分に回復魔法の適性がなかったことが悔やまれる。

一応、魔銃を使ってできるかぎりの応急処置はした。

魔銃は、それを媒体に魔力を込めた弾を撃つことで、魔法を発動させることができる魔法使い専用の道具なんだけどね。トリガーを引くのに使い手の魔力が必要だから、魔力を持たない普通の人は使えないの。

わたしは普段から小型の魔銃と、いろんな種類の魔法が込められた弾を持ち歩いている。だからそれでレオルドに治癒魔法が込められた弾を撃ちこんではみたの。

けれど、すぐには効果が出なくてさ。彼の顔色がちょっとだけよくなったくらい。

わたしじゃ新しい治癒弾を作れない。今日手持ちを全部撃ちこんじゃったから、あとは普通の人と同じ治療しかできない。

もどかしいけど、どうしようもない。お願いだからもう少し効いて……と思いながら、彼の身体を丁寧に拭いていく。生々しい傷が痛そうで、染みないようにとゆっくり触れた。

タライの水を四回取り替えてもらって、ようやく彼の本来の肌の色が見えてきた気がする。

もう少し綺麗に拭いたら、消毒して、包帯を巻こう。ボサボサの髪や髭も気になるけど、綺麗に整えるのは、さすがにもっと落ち着いてからだね。

ここまで綺麗になるとさすがに達成感があって、わたしはふう、と額の汗を拭った。

ようやく治癒弾が効いてきたのか、レオルドの様子はかなり落ち着いて、今は穏やかに眠っている。

でも、わたしが離れようとすると絶対に気がつくから、もうしばらくこのままでいようとは思う。

（レオルド……昔よりずっと、大人になってる）

わたしはふと、彼の瘦けた頰をなでた。髪も髭も伸びっぱなし。肌も日焼けしてボロボロだし、肉が落ちたせいで瞼は窪んで、げっそりとやつれている。

強面だとも言われていたけれど、もともとは精悍でかなりハンサムだったのだ。

その粗暴さから、貴族女性とは合わなかったようだけれども、下町ではとっても人気があった。ちょっとヤンチャすぎるきらいはあったけどさ。

ただ、破天荒な振る舞いから、問題を起こしたことも一度や二度ではなかったはず。

それでも、長い間重宝されてきたのは、彼が魔法使いとして、そして騎士として、若手のなかで群を抜いて優秀だったからだ。

わたしは幼い頃から、そんな彼にずっと憧れてた。〈赤獅子〉の噂が聞こえるたびに心がときめき、彼のことが掲載された新聞は死ぬ気で確保させ、取り寄せた。

でも……四年前の記録を境に、彼は表舞台から姿を消した。

彼がどういった経緯で奴隷になったのかは、わからない。

ただ、彼は華々しい騎士の道から転落し、魔法使いでありながら〈隷属〉魔法で縛られた〈隷属〉奴隷となり――流れに流れて、この国の東の端へと辿り着いた。

その長い長い月日のことを思うと、胸がぎゅっと苦しくなる。

重たい気持ちでほうと息を吐いたそのとき、ノックの音がして、ドアが開いた。

「──お嬢さま、新しいお湯ですわ」

「ありがとう、アンナ」

「それから、彼が目覚めたら、こちらも必要かと思いまして」

部屋に入ってきたアンナが、ベッドの隅にタライを、小さなテーブルに包帯やら水差しなど必要なものを置いてくれる。

「もう少しお休みになったら、食べるものもご用意いたします。何かあればお呼びください」

彼女はそれだけ言い残して、出て行ってしまった。

……うーん。やっぱりあえてふたりきりにされている気がする。

アンナはわたしの旅の目的もよく理解してくれているから、気を利かせてくれているんだと思う。

少し、微笑ましいものを見るような視線が気恥ずかしいけど。

(さて、ずいぶん綺麗になったかな)

新しく綺麗なタオルを濡らして、最後に丁寧に彼の身体を拭った。

(たっぷり眠って、ご飯を食べて。早く、元気になってね)

彼の口角がわずかに上がった気がして、ほっとする。わたしは無意識に、彼のおでこに自分のおでこをコツンとくっつけた。

今日一日、ずっとくっついていたからか、わたしの感覚もちょっと麻痺しちゃっている。

──だから完全に油断してた。

突然ぐりんと、視界がさかさまになる。何が起こったのか、すぐにはわからなかった。

気がつけばわたしの身体はひっくり返され、なぜか彼にのし掛かられていたのだ。

そしてそのまま、ぎゅうぎゅう抱きしめられてしまった！

「レオルド！　え!?　待って？　ね、起きてってば……！」

わたしの頭のなかは真っ白になった。

(寝ぼけてる!?　――いやいやいや。ちょっと待って!?　この体勢はマズくないかなあ!?)

だって、レオルドは、下穿きこそはいているけれど、ほぼ裸。年頃の男女が、同じベッドで抱き合うだけでおおごとなのに、押し倒されるなんて！

さらにレオルドは、すごーく穏やかな顔をしてわたしにぐりぐり顔を押しつけてくるとか……いや、待って!?　そこ、胸っ。ふわ、胸にお顔を擦りつけないで……っ!?

この状況にわたしの心臓がもつはずもない。だからばたばた暴れるけど、ビクともしない。

憔悴しきっているとはいえ、レオルドはやっぱり戦士で、たくましい男の人なのだ。

「ちょ……レオルドっ!?」

押してもすり抜けようとしても、全部ムダ。たくましい腕にぎゅうぎゅう抱きしめられ、本気で耐えられないって思った、そのとき――

「何をやっているのですかっ!!」

バァン、と、勢いよくドアが開かれ、これでもかってくらいの大声が耳に届く。かと思うと、一瞬でわたしの身体が軽くなった。

わけもわからないうちに、レオルドが部屋に入ってきた人物に突き飛ばされ、床に転がされたのだった。

「お、俺がいない間に！　貴様っ、お嬢さまを汚そうなんざ、百年早いっ!!」

わたしは、事実確認もまともにせず、レオルドに容赦ない蹴りを入れた男に目を向ける。

そこにいたのは、勝手にわたしの貞操の危機を勘違いしてくれたもうひとりの付き人――キース・バートレイ。それはもう、主人想いの暑苦しい男だった。

キースはひとつにまとめられた華やかな金髪と、涼しげな碧眼が印象的な美男子だ。

彼に微笑まれてときめかない女の子はいないと断言できるほどに、整った顔立ちをしている。その気になれば彼女の十人や二十人余裕で作れるだろうに、そんな素振りすら見せない仕事人間……と言えば聞こえはいいけれど。

……なんというか、彼は小さな頃からわたしの面倒を見ることに人生をかけすぎている、超過保護人間なのだ。

当然、レオルドとくっつきっぱなしの今のような状況、彼が見逃してくれるはずがない。

今のような容赦のない一撃もきっと、彼の忠誠心の表れなのだろう。

けれど、やっていいことと悪いことがある。

「馬鹿！　何やってるのよ、キース！」

「は？　……お嬢、さま……？」

呆けるキースなんて、当然無視だ。

わたしはキースを押しのけて、レオルドに駆け寄った。

だって、今のレオルドを放っておけるはずがないもの。彼はわたしから離されたことで激しい痛みに襲われたらしく、床に転がり、のたうちまわっている。

「レオルド！」

慌てててレオルドに手を伸ばすと、彼も必死でわたしを求め、抱きしめてくる。

そうして床に座ったまま、わたしは再び、彼に離してもらえなくなった。

「お嬢さま、それは一体……？」

あまりの出来事に、キースは目を白黒させる。

わたしはそっとため息をつき、これまでのことを順を追って説明したのだった。

――結果。

「あああ許すまじ、レオルド・ヘルゲン！」

キースは頭を抱えて叫んでいた。

「事情はわかりましたが、お嬢さまも！　もう少し抵抗なさってください!!　完全に押し倒されてましたよね？　節度というものがあるでしょう！」

「そ、それは誤解よ。ちゃんと、抵抗したわよ？　うん、ホントに」

「……満更でもない顔をしてたくせに」

「ううっ……！」

見透かされている。すっごく焦ったのは事実だけど、相手はあのレオルドなのだ。ドキドキしちゃうのは仕方がないことだと思う。

図星を指されて、わたしは誤魔化(ごまか)すように笑った。そんなわたしを、キースがじとりと見る。

「一体なんなのですか？　お嬢さまがくっついているときだけ大人しくなるとか、この男……」

「わからないのよ。だから〈隷属〉魔法の鎖(くさり)を見てみようと思うんだけど、彼の体力が回復しないとさすがに負担が大きいもの」

「だったら、その野郎が元気にならないかぎり、お嬢さまは、まさか、まさか……！」

「できるかぎりひっついているわよ」

そう言った瞬間、キースの綺麗な碧眼(へきがん)から、ぶわっと滂沱(ぼうだ)の涙が溢(あふ)れ出した。

「そんなっ……あまりに、破廉恥(はれんち)っ、破廉恥(はれんち)ですお嬢さまっ」

「いやいや、これ人助けだから」

「とか言いながら、儲(もう)けたって顔しないでくださいっ。取引するときの旦那さまと同じ顔してるぅ」

「えーっ。せめてお母さまと似てると言ってくれる？」

「さらっと旦那さまに失礼なこと言った！」

キースは涙目のまま喚(わめ)いている。いやほんと、うるっさいのなんの。

この街に来るまでの道中だって、お嬢さまは男を見る目がないだの、俺より年上の男なんてだの、本当に本人かどうかもわからないのに会いに行くなんてだの、ずーっとぷりぷりしていた。

心配してくれるのはありがたいけど、正直、ちょっと鬱陶(うっとう)しい。しかも、この期(ご)に及んでうだうだしっぱなしなのだ、この男は。

「アンナから事情は聞いておりましたが、俺は認めるわけにはいきませんっ。お嬢さまのお部屋はしっかりとご用意しておりますから、そちらに……」

「……だから。今はレオルドのそばから離れるつもりはないの」

何度言わせたら気が済むのだろう。寝転がったままだからいまいち格好つかないけれど。じっとりとキースを睨みつけると、彼はうっ、とうめいた。

「何度説得しようとしても無駄よ。わたしがいることで彼が安らげるなら、それでいい。なんのためにこの街までやってきたと思っているの？　わたしの最優先は、レオルドなんだから」

「……っ」

「このままじゃ、うるさくて彼が休めないわ。——出て行って」

「……かしこまり、ました」

いまだキースの涙は止まらず、その肩が「無念」と告げている。

まだまだ言いたいことは山ほどあるのだろう。

それでも、彼は唇を噛みしめたまま、そっと、部屋から出て行った。

「……はぁ」

そんなキースの後ろ姿を見送って、わたしはため息をついた。

たしかに非常識なことをしていると思う。わたしも一応女としての教育を受けているから、結婚前の男女が、こうやってひとつのベッドで一緒に横になるのが問題だってことくらいわかるよ。

——でもさ。

（さすがに、今のレオルドが異常だってことくらい、わたしだって気付いてるもん）

死を待つ奴隷たちが押し込められたあの地下から彼を連れ出したとき。むき出しだった敵意を引っ込め、驚きで目を潤ませたレオルドの顔が忘れられない。

彼はひとり隔離され、手足も、首までも、ガッチリと固定されていた。

それがどうしてか、今ならわかる。彼を放っておくと、痛みでのたうちまわるからだ。きっと、それすらもさせせないようにしていたのだろう。

それに、今も彼の首に嵌められている黒い首輪。これは魔石という魔力を含んだ特殊な石でできている特別製だ。魔石のなかでも特に稀少で、力のある石でできているみたい。

わざわざこんな貴重な魔石を媒体にしてまで奴隷という身分の人間を縛るとか、普通するかな。

それに、問題は首輪だけじゃない。彼自身にも、強い〈隷属〉魔法がかけてあるのだ。

レオルド本人の魔力の波動を感じないから、多分、彼の体内にある魔力の道が、何者かの魔法によって無理矢理閉ざされているのだと思う。

彼にかけられた魔法は、〈隷属〉魔法のなかでも特に珍しいものではないだろうか。少なくとも、わたしは見るどころか、聞いたことすらない。

〈隷属〉魔法——それは、相手を使役するために契約で縛ることのできる、特別な魔法だ。

その魔法をかけられると、行動や言動を制限され、魔法の使い手に支配されるようになる。

契約内容は様々だけれど、命令に従わない場合、ひどい苦痛を与えられることもある。使い方によっては、非常に悪質な魔法にもなってしまうんだ。

……うーん。ほとんどの場合が、悪質な使い方をされてしまうと言ってもいいのかも。

わたしは床に座り込んだまま、穏やかに眠っているレオルドの寝顔をそっと見つめる。

（わたしの力でどこまで解除できるかな）

実は、わたしの得意魔法も少し特殊だからね。

ある意味〈隷属〉魔法と非常に似た特性を持っているから、彼にかけられた魔法の鎖をいくらかは断ち切ることができると思うんだ。……ううん、なんとしても断ち切らなきゃ。

奴隷という身分は、彼の根本から、彼自身を苦しめた。

あんなむき出しの敵意を向けるくらい、すべてを敵視するしかできなかった彼の数年を想う。

一体どんな経験をすればこんなことになるのか、想像すらできない。

でも、あれほどの苦痛を常時——それも何年も与え続けられると、おかしくなってしまうのも不思議ではない。

大丈夫、ここにいるよと呟くと、穏やかな寝息が聞こえてくる。

きっとこれまで、彼はまともに眠ることすらできなかったに違いない。

——そうしてレオルドは眠り続けた。

わたしを離してくれないまま彼がベッドの上の住人になって、五日。ようやく彼は、まともに起き上がれるようになったのだった。

それはもう大変な日々だった。なにせ彼は、少しも離れることを許してくれないんだもん。

もちろん、彼がそんな行動をするのは全部、彼を縛る魔法のせいだということは理解してるよ。

だから、わたしがその魔法から彼を解放するまでは、できるだけ、彼のそばにいてあげようって思っている。

でもやっぱりね……お風呂とか、トイレとか、着替えとかはね？　うん。さすがに抵抗があるといいますか。

そういったさわりがあるときだけは、心苦しいけどレオルドには我慢してもらって、アンナたちにどうにか引っぺがしてもらっていた。

わたしと離れている間は痛みに苦しんでいたみたいだけど……さすが〈赤獅子〉というべきか。もともと体力のある人らしく、しっかり休んで、食べられるものを食べたら、彼の回復は早かった。外傷の一部はまだまだ痛々しいけれど、顔色はずいぶんとよくなってる。

――だから、そろそろいいんじゃないかと思うんだ。

「ね、アンナ。今日、これから、彼の〈隷属〉魔法を解こうと思うの」

昼食を終え、空になった食器を下げてもらってから、アンナに告げる。

彼女はハッとその目を見開き、姿勢も正した。

「おそらく、彼を縛っているのは相当高位の〈隷属〉魔法よ。わたしも、それなりに魔力を消費すると思う」

「かしこまりました」

彼女はわたしの言葉に真剣に頷くと、立ち去っていく。

魔力を消費すると莫大な副作用があるから、今日はアンナにもキースにも、その対処のために準備を進めておいてもらわなければならない。

わたしは入り口のドアや窓が閉まっているのを確認してから、改めて彼と向き合う。

いつもの簡易ベッドの上にふたり。わたしは彼の腿の上にまたがるようにして座って、視線を上に向けた。

彼はまるで壊れた人形みたいにぼんやりとしているけれど、わたしが頬に触れるとゆっくりと視線をこちらにくれる。

「ね、レオルド。わたしの声が届いているなら、聞いて。――今からね、あなたを縛りつけている〈隷属〉魔法を断ち切ろうと思うの。その魔法はあなたの精神に直接結ばれているものよ。だから、わたしがそれに触れると、痛かったり苦しかったりすると思う。だけど、ちょっとの間だから我慢してほしいの」

「……」

「わたしもあなたのなかに潜るわけだから、しばらくの間反応できなくなる。だけど、ぎゅってしてていいから。――ね？　ちょっとの間、我慢してね」

返事はないけれど、代わりに強く抱きしめられた。

ほんとにわかってるのかな、なんて苦笑しながら、わたしもまた彼をぎゅっと抱きしめ返す。

厚い胸板。まだあちこちに包帯をいっぱい巻いているけれど、少しずつ、肌にもハリが出てきている。そんな彼の胸に、わたしは頬をくっつけて、ゆっくりと目を閉じた。

「すぐに、終わるわ」

神経を集中し、意識を世界の裏側に向ける。

そしてわたしの意識は彼の内にある暗き海のなかへと潜り込んでいった。

——そこは人間の精神の奥。海のようで、星空のようでもある空間。

けれども、彼の場合は少し違った。恐ろしいほどの静寂に、弱々しい星が凍りつきそうなほどに震えている。自由に動き回れない星たちは、ぎゅうとひとところに押し込められるように密集して、ちらちらと点滅を繰り返していた。

魔力を持った人間なら、本来この場所に大きな渦や川の流れのようなものがあるはずなのだけれど、それは見えない。

魔力の流れを完全に堰き止められているらしく、星々を尋常じゃない数の鎖が縛っていた。

その鎖こそが、〈隷属〉魔法で与えられた契約。

(細かな契約事がいっぱい。これを施した〈隷属〉魔法使いは、よほど腕がいいようね……。自殺禁止に反抗禁止、言語能力の封印、複雑な思考の禁止——契約を破ったら痛みを与えるという小さなものから、何もせずとも身体と精神を痛め続ける悪趣味な鎖まで……)

普通なら絶対、ここまではしない。せいぜい命令に逆らったら苦痛を与えるくらいなのに……

見ているだけで、胸が痛くなる。

ずっと気になっていたのだ。慢心とも言えるほどに自信に満ち溢れていた〈赤獅子〉レオルド・ヘルゲンが、あんなに澱んだ目をするようになっていたことに。

(彼を縛る根源は——ああ、ひと目でわかる)

魔力の流れを縛りつけているのは、他とは比べ物にならないくらいに巨大な鎖だ。それには棘のようなものが無数についていて、レオルドの魔力の道を直接傷つけている。

（すごい。……幾重にも入念に、魔法を重ねたのね。こんなに厳重な鎖、はじめて見た）

ここまで重ねがけされていると、いくらわたしにだって、一日や二日じゃどうにもできない。

きっと施す際も、何日もかけたのだろう。実際、レオルドは力を持った魔法使いでもあったから、縛る側も簡単にはいかなかったのだと思う。

わたしは、この魔法をかけた〈隷属〉魔法使いに思いを馳せる。

黒き神の祝福を受けた、〈隷属〉魔法使い。

彼らは、黒い髪や黒い瞳を持っていて、生まれた瞬間に生き方が決まってしまう。

〈隷属〉魔法というのはそれほど貴重で、黒き神の祝福を授かって生まれた者は、必ずと言っていいほど、幼少期に国に保護されるのだ。そして〈隷属〉魔法使いとして育てられる。

そのなかでも特に優秀な魔法使いが、レオルドに〈隷属〉魔法をかけたに違いない。

わたしは目を細めた。視界を狭くすると、彼を〈結ぶ〉鎖がよりはっきりと見えた。

――わたしは〈結び〉の魔法使い。

世界の〈結びつき〉を操作する、特殊な魔法を授かった。

人と人を、あるいは物を、事象を、理を繋ぐ。世間の人は、なんとなくそんな認識でいてくれていると思う。

（わたしが操るのは〈繋がり〉そのもの。だから〈結ぶ〉こともできれば〈解く〉こともできる）

言ってしまえば、世の〈隷属〉魔法の使い手と、非常に似た力を持っているのだ。

……というよりも、本質は同じ。ただ彼らは人と人を〈結ぶ〉ことにしかその才能を向けていなかっただけ。

——世界でも指折り数えるほどしか存在せず、生まれつき生き方や学び方が決められてしまう彼らはみんな、視野が狭く、黒き魔法の真価に気がついていない。

（黒き神の祝福の、本当の力は——）

わたしが己（おのれ）のなかに魔力を溜め込むと、ふわりと黒い髪がなびく。

精神世界では、わたし自身も本来の姿がむき出しになる。普段は魔法で淡い茶色に染めている髪も、瞳も、本来は真っ黒。

それは、黒き神の祝福の証——

そんなわたしだからこそ、当然、彼らが〈結んだ〉契約も〈解く〉ことができる。

今日だけじゃすべては無理だろうけれど、レオルドにかけられた魔法を少しでも解いてあげたい。

わたしは手を伸ばした。ぶるりと震える、小さな光に。

（大丈夫。わたしはあなたに、けっして危害を加えない）

彼を縛る鎖（くさり）に触（ふ）れた。ピリ、という痛みがわたしの手に走る。

何年も何年も彼を縛りつけていた契約の数々——わたしは魔力を一点に集中させ、一気にその鎖（くさり）を断ち切った。

——パアンッ!!

わたしの耳の奥に、魔力が破裂する音が聞こえる。

（よし）

ひとつひとつ細い鎖を断ち切っていく。魔力を堰き止めている太い鎖にはまだ手をつけられないけれど、彼の自我を縛っているものを、どんどん破壊していく。

二十を越えたあたりから数えるのをやめたけれど、さすがの量だ。ひどく魔力を消耗してしまう。

（ちょっと、はりきりすぎたかも）

これ以上手を加えるのはやめておいたほうがいいかもしれない。わたしの魔力がもたない。

鎖を断ち切ったからといって終わりじゃない。わたしは、これからこのレオルドの意識の海を泳いで、地上に戻らなければいけないのだ。

わたしは再びふらふらと真黒の海を泳ぎ出し、意識を浮上させていく。

――ぱきん。

現実に戻ったそのとき、何か、金属が割れたような音が聞こえた。

「――ん」

ぎぃ、とベッドが軋み、その振動が直接膝にくる。

わたしは体重を前にかけたまま気を失っていたらしい。

瞼をわずかに開けると、レオルドの胸で光が遮断されて、世界が薄暗く感じた。

どくどくと、心地よい心臓の音が聞こえる。

無意識に、もっと……とわたしは擦り寄る。するとその鼓動はますます速くなり――次の瞬間、わたしは両肩を掴まれ、がばりと引き剥がされた。

いつかのようにぐりんと身体がひっくり返り、わたしはベッドに背中を打ちつける。

「っ！」

呼吸できなくなるほど強い衝撃に、思わずうめく。

そしてわたしは、わたしを取り巻く世界が変わってしまったことを理解した。

「なんだ？　――おい、嬢ちゃん。アンタ、何モンだ？　オレに何しやがった、なあ？」

ごちん、と額（ひたい）をぶつけられ、体重をかけられる。

目の焦点が合うと、目の前に赤い色彩があることがわかる。

どうやら、わたしの上にはレオルドがのしかかっているようだ。

彼は目を吊り上げて、わたしを睨（にら）みつけている。

問答無用（もんどうむよう）で両手首を掴み上げられ、頭の上に縫（ぬ）いつけられる。わたしを押さえつける彼の手は怒（いか）りで震えていて、ぎゅう、と力を込められると、手首の骨が軋（きし）んだ。

「いた……っ」

「オレを襲おうったぁ、いい度胸だな」

がらがらに掠（かす）れた声で凄まれる。

これくらいの脅（おど）しで屈（くっ）するわたしではないけれども、その内容のほうに硬直することとなった。

「襲う？　えっ？」

「急に抱きついてきやがって。どこだここは？　いつの間に薬なんか仕込みやがった」

「えっ？　は？」

なんだかとんでもない誤解をされている気がする。というより、レオルドの意識は、いつの記憶と繋がっているのだろう。

先ほどまでと違って、目の前の男はハッキリとした自我を持っている。ぼうぼうの髭面(ひげづら)で凄む彼は、まるでどこぞの山賊のようだ。

「嬢ちゃん、可愛いツラして好き者か？　ハッ、男に乗っかるのが好きなのかい？　……残念だがな、オレの好みは嬢ちゃんみたいなガキじゃねェんだわ」

レオルドはそう言うと、わたしの胸倉をひっつかんで身体を引き離す。そのままぽいっと片腕でベッドに投げ捨てられるように突き放されて、わたしは咳き込んだ。

「んじゃ、あばよ」

彼はそう言って部屋を立ち去ろうとしたらしい――のだけれど、すぐにガタガタッと、ものすごい音が聞こえた。

「レオルド⁉」

驚いて彼のほうを見てみると、レオルドの大きな背中が目に映る。

彼はその場に蹲(うずくま)り、そのままのたうち回って、テーブルに身体を打ち付けていたのだ。

「っ！　ンだこりゃ！　ってえええぇ……っ！」

彼の魔力を縛る一番大きな〈隷属〉魔法は、簡単に解ける代物(しろもの)ではない。

棘(とげ)を持った大きな鎖(くさり)。あれが彼の魔力の通り道をぐるぐるに縛り、直接彼の精神や肉体に痛みを感じさせているのだ。

「レオルド！　まだ〈隷属〉魔法がっ」

わたしはとっさにベッドから飛び降りた。彼の巨体を背中から抱え込むけれど、のたうち回る彼に振り回されて体勢を崩してしまう。そのままなし崩しにふたりで床に転がり、絡み合った。

「ってェ……っ」

「〜〜〜〜っ！」

勢い余ってわたしも変なところを打ったらしく、腰がジンジン痛む。

しばらくその痛みで動けなかった。

涙目になりながらもおそるおそる瞼を開けると、そこには苦い表情をしたレオルドがいる。

彼も腿のあたりを打ったのか、左手でそこを擦っている。けれど何かに気がついたのか、彼はくいと片眉を上げた。

「――ん？」

彼は表情を強ばらせて、眉間に皺を寄せる。そのまま顎に手をあてて、じっと考え込んだ。

「……痛、くねえな」

ペタペタペタと、彼はわたしの身体に触れて、ひと呼吸。

「あの――って、レオルド!?」

次の瞬間、何を思ったのか彼はがばりとシャツを脱いだ。まだ包帯が巻かれているけれど、すっかり見慣れてしまったはずの身体も、こうして見せつけられると心臓に悪い。

そして彼は、まるで獲物を定めた獅子のような目をして、こちらを睨みつけてくる。

「じっとしとけよ」

彼は上裸のまま、わたしを強く抱きしめた。

肩口に顔を寄せて、少しでも触れ合う面積を増やそうと、ぴっとりと身体を寄せてくる。

「えっ、ちょ、まっ!? 待って?」

魔法に縛られ、まともに思考が働いていなかったときとは全然違う。わたしは緊張で両目を見開き、ぱくぱくと口を開けながら首を横に振った。

けれど、彼は聞いてくれない。肩口の次は頬をぴっとりとくっつけられてしまい、動けなくなる。

彼の息がかかって、わたしは目を閉じ、浅く呼吸した。

今日までずっと、彼にひっついて過ごしてきた。

憧れの人はいつの間にか庇護対象になっていて、抱きしめられても、のしかかっても、逆にのしかかられることすらすっかり慣れてしまった。

けれど今は全然違う。彼が自分の意思で、わたしを抱きしめている。

そのごつごつとした手に、荒々しい手つきに、心臓が暴れ回って苦しい。

「――震えてるのか？　可愛いとこ、あるじゃねえか」

「レオ……ルド……」

「ん……悪くねえな」

ご褒美だ、と、レオルドはわたしの頬にキスをする。

ふにっとした感覚に、わたしの身体は震えて、目は潤んだ。

「うぶだな、嬢ちゃん。あんだけオレと一緒にひっついて生活してやがったくせに」

「それはレオルドが離してくれな――って、レオルド？　覚えて……？」

まさかこれまでのことを覚えていたなんてと驚くわたしに、レオルドは頷く。

「ん……まあ、落ち着いたら、少しは。全部、おぼろげだがな」

「……そ、っか」

よかったと言うべきなのか、なんなのか。

わたしという存在を認識してくれていた事実には安堵するけど、それはそれ。これはこれだ。

「――心臓の音、すげえ。期待してるのか、嬢ちゃん？」

「ちが……」

「あー。ガキだの範疇外だの思っていたが、案外イケそうだな、オレも。胸もやわらけェし、ハリがある。折角だし、このままヤッちまうか」

「や……だ……」

「ハッ、さして抵抗もしねェくせによく言うぜ。嬢ちゃん、オレのこと、好きなんだろ？」

ハッと目を見張るわたしに、レオルドは不敵そうに言う。

「でないとあんなボロボロの奴隷買わねェだろ、普通。甲斐甲斐しく世話してくれちゃってよ。オジョーサマ？」

赤い瞳が、ニタリと笑う。

そのまま大きな手のひらがわたしの身体を這い回り、服の上から愛撫してきた。

わたしの気持ちを疑うことすらせずに断定した彼は、喉の奥で笑ってさらに続けた。

「なるほどねえ。アンタ〈赤獅子〉のファンなのか。いやあ、物好きな金持ちに好かれてオレもラッキーってか？　しょうがねえから一発ヤらせてやるよ」

「違う。……やだって……」

「ハッ。こんなに瞳を潤ませて――物欲しそうな顔でよく言えるもんだな？」

口の端を上げた彼の表情は、獰猛な獣そのものだ。

どうしよう。まったく心の準備が追いつかない――そう思ったとき、ぐに、と鼻をつままれた。

「――なんてな？　本気にしたか、嬢ちゃん？」

「！」

「くっ……ハッハッハッ！　ったく、なんてツラしてやがるんだ。ま、本当にその気だったら、オレだって別にかまわねえけどよ。どうする？　続きするか？　アア？」

「っ……！　レオルドの、馬鹿ッ!!」

完全に、だまされたっ！　というより、悪ノリがすぎるっ！

だまされた恨みでぽかすかとレオルドの胸を叩くと、彼もまたくつくつと笑う。

「おうおう、威勢がいいなあ……よっと」

彼に引っ張り上げられ、向かい合ったまま彼の膝の上に座らされた。そしてそのまま、しっかり抱きしめられる。

身体をなで回されるようないたずらは、もうされなかった。

それでも、触れ合う温かさや、彼のたくましさを強く感じて、ドキドキはおさまらない。

「悪ィな。なんていうか、こうやって直接触れ合ってたほうが、楽だからよ」

「楽？」

「ああ。頭も身体も痛くてたまらなかったのが、ずいぶん楽になった。こうやって、抱き合っていると——もっと、楽だ」

「そ……っか」

わたしがぽつりと漏らすと、レオルドは不思議そうな顔をする。

「ん。怒ンねえのか？」

「あえて説明せずにやるところ、とっても性格悪いなって思った」

「ハハハ！　ハッキリ言うじゃねえか」

「あたり前よ。折角意識が戻ったと思ったのに、安心する暇もなく、こんなことされたらさ」

「そーか。……悪かったな」

レオルドはそう言って、がしがしとわたしの頭をなでる。

意識が元に戻ったと思ったら、いきなりこれだ。心配して心底損した。彼の心のケアをしなくちゃって思ってたのに、そんな必要は、全然ない。

すっかり伸びてしまった赤銅色の髪を掻き上げて、前髪を後ろに流すと、やっぱり〈赤獅子〉レオルド・ヘルゲンその人だと思える。これでぼうぼうに生えた髭さえ剃ってしまえば、やつれたせいで厳つさが割り増しになった〈赤獅子〉のできあがりだ。

ずっとずーっと憧れていたあの〈赤獅子〉に、ぎゅうって抱きしめられている状況に、わたしのほうがついていけていない。

ぽんぽんっと、わたしは彼の背中を叩いた。

馬鹿、って伝えたかった。

心の準備なんか全然間に合っていない。

ほんのついさっきまで雛鳥みたいだったのに、急に大人の男の人になって、意地悪して、わたしはすでにめちゃくちゃ振り回されてて。

馬鹿。さらに背中を叩く。さっきよりも、強く。訴えるように何度も。

それが少しは伝わったのか、レオルドは気まずげに頬を掻いた。

「まあ……なんだ。悪かったし……助かったよ、本当に」

「うん」

そうやってしばらく、わたしたちは何をするでもなく、お互い抱き合って。

これまで何日もくっついてきたのに、ようやくわたしたちは、お互いを知ることをはじめたのだった。

「——で？　改めて聞くが、アンタは？」

レオルドは壁を背もたれにして寄りかかり、わたしを引き寄せる。ぐりんと向きを変えさせられて、今度は後ろから抱き込まれる形になった。

「シェリル・アルメニオ。フォ＝レナーゼのアルメニオ商会の末娘で〈結び〉の魔法使い」

「あのアルメニオ?」

「多分、そのアルメニオ」

「そりゃあ……とんでもねえオジョーサマじゃねえか」

なるほどなあと納得して、レオルドはわたしの頭をぽふぽふとなでてくれた。まあ、ご令嬢って感じはあんまり……と、余計なつぶやきも聞こえてきたけれど。

「オレのことは知っているか。……レオルド・ヘルゲン。知っての通り奴隷だったはずなんだが」

なんとも言えない声を出しているのは、彼を縛っていた黒い魔石の首輪が、割れた状態でベッドに転がっているからだろう。

彼の首輪は特別製で、鍵もなければツギハギすらない。普通の人間ならば装着することも不可能な金属の輪っかだ。

どう考えても、彼を縛った〈隷属〉魔法使い特製の逸品(いっぴん)。でも、さっきわたしが一部の〈隷属〉魔法を解いたことで、自然とその首輪は外れてしまった。

つまり、彼は今、奴隷の身分から解放された状態になっているわけだ。

「たまげたよなあ」

彼は少し複雑そうな面持ちで、何度も首のあたりをなでている。

解放されたといっても、わたしからは離れられないわけだから、その複雑な心境に拍車をかけているのだろう。そんな彼に、わたしは問いかける。

「そんなに長い間、〈隷属〉奴隷に?」

「ん。まあな……意識までヤられたのはここ数年だけどよ。……情けねェことに、気がつけば奴隷堕ちしてたって感じでな」

そして彼は、ぽつぽつと語り出す。

最初は一般の奴隷と同じように、肉体労働をさせられたり、モンスター討伐の盾にされたり。

それでも、魔力を封じられていなかったレオルドは、圧倒的な強さでもって活躍していたようだ。

だから彼は、奴隷ながらも変わらず人気があったらしい。特に下町の人間に。

彼を貶めるために奴隷の身分に堕としたはずなのに、彼は変わらなかった。それが、彼を嵌めた者は許せなかったらしい。

だから件の〈隷属〉魔法使いはレオルドの魔力を封じ、〈隷属〉魔法で縛った。それから、彼に苦痛を与えるように仕向けたのだ。

結果として、彼はまともに戦うことすら難しくなった。

「そこからは、いろんな雇い主をたらい回しにされたよ。役立たずのレッテルを貼られた奴隷が流れゆく先は、どんどん劣悪な環境になっていきやがる。……見たろ？　あれは、死を待つ奴隷をぶち込む部屋だ。あの部屋に入れられた野郎の行き先はわかるか？」

「……まあ」

わたしだって、商家の娘。知識だけは身につけている。それは、口にすることも憚られるほどひどい末路だ。よくて外国に売り払われ……おおよそは、モンスターの餌にされる。

「嬢ちゃんが来るのがあと何日か遅けりゃ、オレは間違いなく殺されてた」

否定することはできない。だから、わたしは彼の手を取った。

肌がボロボロになって、皮が白くなってしまっている。ツメの形も歪んでいて、傷だらけの、労働者の手だ。

ぎゅぎゅってそれを強く握ると、彼もまた、握り返してくれる。

彼が死んでいたかもしれない。その事実を突きつけられて、平気でいられるわけがなかった。

わたしは思わず表情を険しくしたけれど、レオルドは穏やかに微笑む。

「だから嬢ちゃんはオレの命の恩人ってことになるわけだ」

「よかった」

「ん。そこは、オレも素直に礼を言うさ。助かった。――まあ、まだこんな状態だがな」

そう言って肩をすくめるのが少し可笑しい。

くしゃりと目元を緩める彼を見て、わたしはやっぱり、ここへ来てよかったって思った。

そして、真実を知らなければいけないと、わたしは再び口を開く。

「ね。なんとなく予想はできてるんだけどさ――あなたを奴隷に追いやったのは、誰?」

「……ここの王と、貴族連中だな。オレは騎士ではあったが、移民だし、平民からの叩き上げでな。

ロクな言葉遣いもできねェ荒くれモンだから、風当たりもそれなりに強かった」

「うん」

「この国に黒の魔法使いがいることは知っているか？」

「ええと、オスヴィン・オルトメイア？」

〈隷属〉魔法使いは稀少だから、フォ＝レナーゼ出身のわたしだって知っている。それに、オスヴィンはデガン王国の顔として外交の場に現れることも多いと聞いた。

「そうだ、王の腰巾着(こしぎんちゃく)」

わたしの答えを聞いて、ぐっと彼の腕に力が入るのがわかった。

「いろいろあってこの国に流れ着いて、騎士になったはいいが、王に忠誠を誓ったときにな——ソイツに仕込まれた。多分、オレをこの国に留(とど)めておきてェっつう王の意向もあったと思う。普通に騎士をやってく分にはなんともなかったんだが……ちぃと、オレが問題を起こしちまって」

「問題？」

わたしが首をかしげると、彼は気まずそうにする。

「あー……まあ、なんだ。自分で言うのもなんだが、オレはそこそこ強くてな。魔力も持っていたし。一応……ほら、火竜をヤッた実績もあるしな。有名だった」

「うん、英雄扱いされてたよね」

「で。王の娘をやるって言われたけど、それを断っちまって」

「……」

あんまりにも彼らしくて、黙ってしまった。

レオルドの気持ちもよくわかるけれど、普通は平民上がりの騎士がお姫さまを下賜(かし)されることになって、断れるはずがないよね。いや、もちろん、嫌な気持ちはすっごくよくわかるけど。

「アイツらも平民に断られたとあっちゃ、メンツ丸つぶれだろ？　で、この状態。いくらオレが魔力を持ってるっつっても、抵抗できなかった」

「――ああ」

それは、そうだろうと思う。だって、黒き神の祝福は特別だ。

一般の魔法ならば、魔力を持った者が鍛錬すれば身につく可能性はあるけれど、〈隷属〉魔法だけは持って生まれた才能だけがものをいう。生まれついての黒き神の祝福がないと、〈結ぶ〉ことも〈解く〉こともできない。

つまり最初から、デガン王国はレオルドを意のままに操ろうとしてたんだ。

黒き神の祝福を持たないレオルドには、どうにもできない。

「いろいろと流れに流れて、ここ数年のことはロクに覚えちゃいねえ。ただ、アンタが触れてくれたあとのことは、ぼんやりとだが覚えている」

「うん」

「どういうわけか、アンタに触れていると痛みが和らぐみたいだな。嬢ちゃんの魔力のせいだとは思うが……」

うーん、とレオルドは考え込むように黙ってしまう。

彼なりに言葉を選んでいるようで、いや、とか、違うな……とか、ぶつぶつと考えの断片が漏れ聞こえてくる。

しばらく待っていると、ようやく考えが纏まったらしく、レオルドはわたしに向きなおった。

「で？　オレは嬢ちゃんに買われたみたいだが、どうする？　今のオレは魔力も使えなければ、嬢ちゃんから少しでも離れると使いモンにならねえ。オレが嬢ちゃんにできることっつったら、男妾の真似事か？　くくっ、似合わねェなあ」

「だんしょ……!?　えっ、違う違う！」

「ふゥん」

ぐいん、と顎を掴まれて、無理矢理首を後ろに向けさせられる。目が合うと、彼は赤い目を細めて、くっくと喉で笑った。

「まあいい。オレはこの魔法が解けねェかぎり、一生コレだ。そんなオレの前に、モノを知らねェ世間知らずの美味い餌がホイホイやってきて、逃げられるわけねェって、わかってるか？」

「……っ」

「ま。嬢ちゃんソコソコ可愛いし？　あと五、六年経ったらオレの好みになるかもな。せいぜい可愛がってもらおうかね、飼い主さん？」

「飼い主とか、そんなのじゃ、ないっ！　首輪は外したでしょ。そもそも、わたしはあなたを奴隷とも思ってない」

「ハァ？　……ああ、フォ＝レナーゼは、そうか」

彼は再び考えるようにぶつぶつと呟く。

そう。わたしの母国フォ＝レナーゼはそもそも身分制度がないから、奴隷もいない。奴隷の証明となる黒い首輪を嵌められていたとしても、意味を成さない。せいぜい、他国で奴隷として扱われていたのかって同情されるくらいだ。

フォ＝レナーゼでは能力のある人間は評価される。シンプルだ。実際、他国の奴隷出身でも成功した者は何人もいる。

そんな場所だから、首輪すらしていないレオルドは、ただの一般人でしかない。

するると考え込んでいたレオルドが、何かを思いついたようにぱっと顔を上げた。

「つまりだ。そうなると、オレがアンタをモノにしたところで、特に問題はねえってことか」

「は？」

唖然とするわたしに、彼は先を続ける。

「だってそうだろ。オレはアンタがいねえと物理的に生きていくのが難しくなる。アンタが好きか嫌いかは別として、オレには嬢ちゃん、アンタが必要らしい」

「……ええ？」

「だったら、嬢ちゃんにこのまま好いてもらったほうが都合がいいだろ？　ほら、覚悟しろ。アンタのここは、オレのモンだ」

言うなり、レオルドはわたし下腹部あたりをすっとなでる。瞬間、ぞくぞくぞく、と身体の芯から何かがこみ上げてきて、わたしは身を捩った。

聞く人が聞いたら、強烈なプロポーズにも聞こえるだろう。

でも、彼の場合は完全に悪ふざけだ。わかっている。

「嬢ちゃん？　耳まで、真っ赤だな？」

「馬鹿っ」

「今さらだな？　そーだよ。オレは馬鹿なんだ。だが、そんなオレに自分から近づいて、本気で抵抗しねえ嬢ちゃんも、とことん馬鹿だよ」

かぷ、と耳朶を喰まれて、わたしは悲鳴をあげた。

レオルドはそんなわたしの反応を楽しんでいるのか、満足そうに微笑む。

「いいね。エロい顔になってきた」

「や……」

「ん。悪くねえな、アンタをオレ好みに育てるのは楽しそうだ。――せいぜい、飽きさせないでいてくれよな」

「待って。レオルド。わたし、こんなことがしたかったんじゃや……」

「ア？　そんな顔しといてよく言うな」

「うるさい！　ちゃんと話を聞いて！」

わたしは首をぶんぶん振って、少しだけ身体を離した。それから彼と目を合わせて、宣言する。

「取引をしましょう！」

「……ア？」

ぴたりと手を止めたレオルドにびしりと指を突きつけ、睨みつける。

「わたしは〈結び〉の魔法使い。時間はかかるけれども、あなたを縛る魔法を全部解いてみせるわ」

「なんだって？」

「だから、あなたは別に、無理にわたしに媚びを売ったり、手に入れようって躍起になったりする必要はないの。そのうち、離れられるようになるから」

「……ほぉ」

ぽかんとするレオルドに、わたしは意気込んで言葉を続ける。

「そのうえで！　あなたも、ちゃんと考えて。そのあとのことを。わたしは、必ずあなたを解放する。わたしはそのときに、あなたの意思で、わたしについてきてほしいの」

しばらくの沈黙。

わたしの言葉の意味を考えるように、レオルドはうーん、と口を引き結んだ。

「んあ？　正式に、オレを雇いてェとでも言うのか」

「そうじゃなくって……っ！」

わたしは、ごくりと唾をのみ込む。

自分でも先走りすぎだってわかっている。いきなりこんなこと言うつもり、全然なかった。

でも、きっとこれはアルメニオの血なのだろう。何があっても絶対、本当の意味で彼を捕まえろと血が叫ぶ。

「だから。ちゃんと、わたしを好きになって！　わたしと結婚して!!」

「…………は？」

場が硬直した。レオルドも馬鹿みたいに口を開けたまま、ぱちぱち瞬いている。

でも、わたしは言葉をやめずに、たたみかける。

「なし崩しになんかじゃなくて、ちゃんとわたしとのことを考えてほしいって言ってるの！」

「えっと。嬢ちゃん……どうした？　馬鹿か？」

困った子供を見るような目に、わたしもぐっと詰まる。

「なんだか、あんまり、否定できないけど」

「自覚はあるのか……」

ひく、と彼は頬を引きつらせた。彼はいたずらな手を完全に止めて、眉根を寄せてうなる。

「で？　もし嬢ちゃんがこの魔法を解いてくれたとして？　別にオレがアンタなんか興味がないって言ったら？」

「そのときは――あなたを解放するよ」

アピールをやめるつもりはないけれど。

アルメニオ家の血はしつこいし、逃げられるとも思わないでほしいけれど。

でも、別にわたしは、恩を売ってレオルドを縛りつけたいわけじゃないんだもん。

手に入れるまで追いかけ続けるなら結果は一緒かもしれないけど、全然違う。わたしはわがままだから、彼の意思で一緒にいてほしいのだ。

「なんだか、オレに都合よすぎねえか？　その取引」

「……そうだね」

わたしの心の声を読み取ってくれるはずもなく、レオルドは呆れたように肩をすくめる。

「そもそも、アンタ持ってるんだろ？　オレを従わせる魔道具」

ええ、たしかに持っている。

彼を奴隷商人から購入したとき、〈隷属〉魔法の仮契約の主になるための魔道具を譲り受けた。

つまり、それでレオルドを従わせたらいいじゃないかということを言いたいのだろう。

「魔道具とあなたとの繋がりは、もう断ち切られてるよ」

「ハ？」

きっぱりと言い切ったわたしに、レオルドは唖然としている。

「わたしは〈結び〉の魔法使い。だから〈隷属〉魔法にも干渉できるの。あなたの意識を取り戻すのと一緒に、魔道具に縛りつけてた契約もある程度は消しちゃった。たぶん、そのおかげで首輪も外れたんだと思うの。だから、あれはもう、意味がないガラクタよ？」

「なん、だって……」

呆然とするレオルドをしっかりと見つめ、わたしは意志を込めて言う。

「わたしは絶対魔法であなたを縛らない。あんな魔道具も利用しない。わたしがほしいのは……ずっと、ずっと捜していたのはあなたなの、レオルド・ヘルゲン」

レオルドはぐっと口を引き結ぶ。ごくり、と唾をのみ込んで、酔狂な……と続けた。

「あー……アンタは、つまり、あれか？　オレに見返りを求めずに？　オレを奴隷商人から買い取って、しかもこの厄介な魔法まで解いて？　それに金銭も要求せずに、離れられるようになったら好きにしていいと？」

「わたしを好きになって、結婚してほしいと言いました」

「……くっ、くくく！　……すげえ、ガキ。愛とか？　恋とか？　アハハ、まさか、そういうのをオレに求めてるって言うのか？」

「そうよ」

「くく……なんだそれ、青臭ェ」

「ロマンチストとか、乙女チックとか言ってよ」

「そんなわがままが通ると思ってるところがすげえ……くく、ハハハハハハ！」

ばしばし背中を叩かれて、たいへん痛いのだけど。

しばらくレオルドの笑いが止まることはなかった。ヒイヒイ笑いながらひとしきりわたしを馬鹿にして、最終的によしよしと頭をなでくり回される。

「一応、こんなツラしてても現役の頃はソコソコモテたが。嬢ちゃん、さては根っからのミーハーだな？」

「ブー。そういうのじゃありません。〈赤獅子（あかじし）〉時代のあなたも格好よかったけど、わたしがずっとあなたを追っていたのは、別の理由だもん」

「ほぉ？」

きっとレオルドは、なぜそうもわたしが彼にこだわるのか疑問に思っていたのだろう。彼の表情は興味に満ちていて、もっと話せと促（うなが）してくる。

「昔、誘拐されてた女の子を助けたこと、ない？」

「数えきれねえほどあるな。なんだ、オレ、アンタを助けたことあるのか？」

レオルドは興味津々（きょうみしんしん）みたいだけど、わたしは別に、彼の知りたいという欲を満たしたいわけではない。

「話さないよ。わたしのこと、覚えてくれていないだろうなとは思ってたし。今話すと、笑って馬鹿にされそうだもん。いくらあなたにだって、わたしの思い出を汚してほしくない」

「嬢ちゃん、ほんっと、わがままでガキだな」

「大店の末娘に生まれて、そりゃあもう甘やかされて育ったわよ？」

「自分で認めちまうのか……くく、ああ、いい。うん、いいぜ。つまりだ」

彼の挑発を受け流すと、ごちっとおでこをぶつけられた。

彼の赤い瞳が、まっすぐにわたしを射貫く。

「アンタは、オレの〈隷属〉魔法を解くまでに、オレからアンタについていきたいと言わせたいってことだよな」

「ええ。だから無理してわたしに媚びを――」

彼はわたしの言葉を遮り、鼻頭がぶつかりそうなくらいの距離で宣言した。

「んじゃあ、オレはアンタが魔法を解いてくれるまでに、せいぜい、アンタのほうから股を開くぐらいには遊ばせてもらうかな」

「……は？」

思いがけない切り返しに、わたしの頭は真っ白になる。

え？　つまり、さっきのイタズラは、わたしに気に入られようとした行為の延長じゃなかった、ってこと？

「嬢ちゃん、勘違いしているようだが、これはオレの都合だからな？　男ってモンをナメちゃいねえか？」

「えっ、えっ……」

「こんな餌が目の前にぶらさがってて、喰わねェ男がいるわけねェだろ。どうせ他の女のところにも行けねえしよ。――それに、嬢ちゃん、魔法使いだろ？　よくこんなうぶでやってこれたな」

「それは――」

ちゃんと説明しようと思うけれど、そんな余裕を彼は与えてくれなかった。両手を掴まれ、顔を近づけられる。

一体どこからこんな余裕が出てくるのだろう。

こんなことをしてわたしに嫌われるとか、微塵も思っていない。大胆不敵で、自分に正直な〈赤獅子〉そのものだ。

（ええと、つまり。魔法が解けるまで待ってはくれないってこと？　どっちみち、美味しくいただかれちゃうってこと？）

格好よく結婚してほしいって宣言したつもりなのに、不発もいいところだ！

こういうことも、好きになってもらってからって思っていたのに！　レオルドってば、本当に乙女の夢を、バッサリ刈り取ってくれる。

内心で慌てまくるわたしをよそに、彼はにやりと笑った。

「交渉成立だな」

破綻しかしてないよ！　という言葉は、ぐっとのみ込んだ。

「じゃ、せっかくだし、早速続きをしようぜ？」

いやいや待って、そんなつもりじゃ、と思うのに、彼に耳元で囁かれ、変な汗が流れる。

けれども、世の中は結構うまくできているらしくて——

「何をやっているんだ、貴様————ッ!!」

どこからともなくキースの全力の制止が入ってきて、わたしはようやく全身の緊張を解くことができたのだった。


そうして、レオルドとの共同生活が始まったはいいんだけどさ……

「あの……キース……」

口を開いた瞬間、ぎろりと睨まれた。

あ、はい。口答えするなということですね。

がっくりと項垂れつつ、わたしは目の前にある緑や紫色の奇妙な食べ物たちを平らげるしかない。

状況を説明すると、こうだ。

部屋は狭いし、状況も状況だしで、わたしとレオルドは交代で食事をとることになった。

わたしが先に小さなテーブルと椅子で食事中。で、レオルドは、わたしの後ろにまわってひっついていることになったんだけどね。

……わたしは今、まるで冬かっていうくらいに、厚手の洋服を何枚も着せられていた。

後ろのレオルドはというと、できれば素肌に触れたいからって、わたしの首にべったりと両手を添えている。いつでも絞首できますって感じの状態だ。

でもって、背中は密着しているからね。暑苦しいったらありゃしない。

「あったま……いてぇ……」

レオルドもぐったりしている。わたしが着ぶくれさせられた結果、肌との距離が遠くなってわたしの〈鎮痛剤〉の効果が薄れたらしく、彼は地味に、いろんなところに痛みを感じているらしい。

彼自身もがっちり服を着せられているからね。いわばこれが、彼に与えられた罰だ。

「距離が足りねえ。面積が足りねえ……」

ぶちぶちと文句を言いながら、ぎゅうぎゅうと擦(す)り寄ってくる二十八歳……

まあ、しかたないのはわかるけどね。キースがすごい顔をしているよ？

で、わたしはわたしで渋い顔をしている。

だって、目の前に並んでいるのは、体内で魔力を作るために必要な魔素(まそ)が豊富に含まれた、新鮮さが命の超激マズ野菜料理のオンパレード。高魔力保有植物(アイテール・ディエト)と呼ばれる魔法使い用の特殊な食材を使った料理ばかりなんだもん。

慣れたといえば慣れたんだけどさ。ぱくっとかぶりつくと、なんとも言えない苦みと渋みで舌がビリビリするんだよね。

当面わたしは昼夜この激マズ料理だ。お口直しも入らないくらいに、お腹ぱんぱんに食べて、それでもまだまだ魔素が足りないくらいだと思う。

今日はたっぷりと魔力を使うことがわかっていたから、アンナもキースも外に出て、この食材を用意するために走り回ってくれていたのだ。

ちなみに、アンナとキースが厨房を占拠したので宿の料理人が困っているらしいけれど、そこはあっさりと金で解決した。なにせ、死活問題なのだから。

……正直、ちょっと今日ははりきりすぎた。

これだけ食べても、副作用が出るのは避けられないだろうなあと、嫌な予感がする。

だからこそ、今、必死だ。とにかく、わたしはこの激マズ料理をひとつ残さず平らげないといけないのだ。

一方のレオルドは、わたしの前に並んだ緑や紫のおどろおどろしい草たちの数々を見て、ただただ愕然（がくぜん）としていた。

「オイ、嬢ちゃん。アンタのメシ、それだけとか言わねェよな」

「これだけよ」

「いや。いくらなんでも、それは――」

レオルドもこの野菜の不味（まず）さは知っているらしい。わたしは苦笑しながら答える。

「別に、わたしの味覚がおかしいわけじゃないわよ？　激マズよ、激マズ」

「そりゃあ、そうだろうよ……」

ショックを隠せないようで、レオルドはぽんぽんとわたしの頭をなでてくれる。

「あなたも一緒に食べる？」

「いや。いい」

即答だ。むしろ、戦慄している。

わたしは肩をすくめながら、濃いめのオイルソースで味を誤魔化（ごまか）したサラダをぱくりと口にする。

再び苦みと渋みが押し寄せて、やっぱり吐きそうになる。何年も食べているからいちいち表情を変えるようなことはないけれど、生理的な涙が出てきちゃうこともある。

それでも、わたしは食べるんだ。

ゆっくり、ゆっくり、小休止を挟みながらどうにか魔素を補給する。……それでもやっぱり、このあと、わたしの身体は熱くなるのだろう。

――仕方がない。それが、わたしの選んだ道だもの。

「どうして、そこまでして。……その気にさえなりゃあ」

「絶対、その気にならないって決めてるの。魔法使いだからって、好きでもない相手とするなんて、わたしは嫌。……どんなに衝動が大きくても」

正直、レオルドが驚くのも無理はない。彼もきっと思い違いしていたのだと思う。

わたし、シェリル・アルメニオもまた、うぶに見えて性に奔放（ほんぽう）なのでは、と。

それが魔法使いの性（さが）だから。

魔力を消費したあと、魔法使いは本能に忠実になる。

人によって現れる作用は違うけれど、一般的には性欲に現れることが多い。

言い換えると、大人の魔法使いは、まるで媚薬を盛られたかのように、性衝動が激しくなるのだ。

そして鎮（しず）める方法はふたつ。食事やシガレットなどを利用して外的に魔素を摂取するか、そのまま性衝動に従うか。

ほとんどの魔法使いは、後者を選ぶ。魔素を含む食材や嗜好品はものすごく不味く、直接口にするのが苦行だから。

それに比べれば、誰かと寝てしまったほうが気持ちよく、楽しく、魔力の欠乏を解消できると考えるのは当然かもしれない。

魔法使いは皆、その稀少性ゆえに、ほぼ間違いなく地位か金かを持っている。だから女を買うのにも苦労しない。……男だったなら。

女の場合、そう簡単な話ではない。

だって、世の中では、貞淑な女がよいとされているのだもの。だから男を金で買う女が反感を抱かれるのも当然だ。いくら女魔法使いだって、それは同じなの。

それでも、魔法を使った副作用は女にも出る。だから、女の魔法使いだって性に奔放にならざるを得ないのだ。

結果として、女の魔法使いは堕落の象徴として見られることが多い。

わたしだって、彼女らが性交渉によって発散したくなる気持ちはわかるよ。それほどまでに、魔素を直接摂取するのはキツい。

その場しのぎや、一度や二度ならばまだいい。けれども毎日、しかも魔力消費が大きすぎて食事を丸ごと全部高魔力保有植物にするなんて、普通は耐えられない。頭がおかしくなる。それでも。

「わたしね。好きな人にしか身体を許さないって、決めてるの。それに、わたしはわがままだから、相手にもわたしを好きでいてほしいし」

「……アンタ、ホントにガキみてェだな。魔法使いならあたり前のことじゃねェか」

「ええ。そうかもしれないわね。……でも、魔法使いとして生きるのと、奔放になるのは別の話なの。わたしは、その手段で魔力を補給することはしたくない」

「まあ、男とは違うか……」

「うーん……別に、女の魔法使いがそういった手段をとること自体を否定しているわけじゃないのよ？　ただ、ちょっとね。——ほら、女の子の、夢」

ロマンチストなの、って付け足したものの、なんだか気恥ずかしくなる。

ほら、彼も呆れ顔だ。ガキだガキだとまた笑われるかもしれない。そしてわたしは、それを否定できずに笑うのだ。

「あのね。小さいときからの、夢があるの。その夢を叶えるために、わたしは魔法使いになった。……わたしね、家族に溶け込みたくて、昔はいろいろ無理をしてた。けどね、ある人が言ってくれたの。努力する方向を間違えているって」

「へえ」

あなたの話だよ、って、わたしは思う。

でも、レオルドはやっぱり、まったく覚えていないようで、後ろからわたしにひっついたまま相槌を打った。

「その人はね……『使えるものは使って、ほしいものは掴み取れ。遠慮をしないのが商人の美徳じゃないのか』って言って、はじめて、わたしの魔法を必要としてくれた」

「はじめて？　家族は？　アンタの魔法に頼らなかったのか？」

レオルドの言葉に、わたしは少しだけ寂しかった当時の気持ちを思い出す。

「家族はね、わたしが魔法使いってことを隠そうとしていたの。魔法なんて使わせずに、一生、ひとりの女の子として育てようって」

「――ハアッ⁉」

「ねっ、驚くわよね」

驚愕している彼に、クスクスと笑ってみせる。

わたしは幼い頃からずっと、力を使わないようにと言い聞かされてきた。

幸せなことに、家族はわたしをとても愛してくれていた。だから、世間から奔放な女魔法使いとして見られ、国や権力に利用されることを危惧したのだ。

実際我が家には、それを隠せるだけの環境があったし、幼少期からとても慎重に育てられた。

学校に通って人目につけば、魔法使いであることを発見されてしまうかもしれないからって、初等学校に通うかわりに、家でひとり、家庭教師をつけられて。

――ちょっと、過保護すぎたのだろう。

物心がついても、同年代の友達といえる存在もいなかった。

それは両親が心配してくれているからだってわかっていたけれど、わたしには少しつらかった。

家族のなかで、わたしだけが違った。兄妹のなかで、わたしだけが特別扱いをされていた。

彼らのように、普通に学校に通いたかった。できないわけを理解していても、わたしも自由に外を歩きたかった。

自分の淡い茶色い髪に視線を落とす。

生まれたときから、わたしは自分ひとりだけがいろいろと違っていて、家族と同じと言えるものをずっと求めてきた。

そして幼い頃、唯一覚えるのを許された魔法が、髪と瞳の色を変える魔法だった。

それを教えられたときの記憶はおぼろげだけれども。おそらく、金にものを言わせて色彩の魔法を使える魔法使いを雇ったのだろう。

だって、黒い髪と黒い瞳だと、すぐにバレてしまう。あれは〈隷属〉の魔法使いだって。

この世界で、真っ黒な色彩を与えられるのは、黒き神の祝福を与えられた者だけだから。

自分の正体を隠すためにも、わたしは色を変え続けるしかなかった。

もちろん、家族と同じ色の髪と瞳に見えるのは嬉しかったんだけどさ。わたしの見た目で家族と同じものって、それまではそばかすだけだったから。

学校には行けなかったけれど、見た目を変えたから家族と同じような生活ができると思った。

……でも、やっぱり違った。みんなと同じに見えているだけで、本当は違うのだという事実は、幼いわたしの胸をいつも締めつけていた。

本当の自分を出したいと、心の底で叫んでいた。

けれどわたしが魔法使いを目指すと宣言するまで、家族の誰にも気がついてはもらえなかった。

魔力を隠して生きろと言われるのが、わたしにとって、どれほどに苦しかったのかを。

――あのまま小さな箱庭のなかで育っていたとしたら、わたしはもっと歪んでいたかもしれない。

(だからね、レオルド。あなたなの。あなたが全部、救ってくれたの)

かつて、あなたが幼いわたしにくれた言葉は、わたしの生き方を変えた。

魔法を使って生きていくと決めたせいで、こうして激マズ料理には耐えなくちゃいけなくなったけどさ。わたしは大好きな家族を大好きなままでいられたし、多分、それなりにまっすぐ育ったんじゃないかな?

目標ができて毎日楽しいし、外も自由に出歩けるようになった。

それは、あなたと出会って、わたしが魔法使いとして生きるって決めたからなの。

「わたしの心を軽くしてくれたその人にはとても感謝している」

「……」

その人が誰かということに、彼は気付いたかな。

ちらっと後ろに顔を向けると、彼の瞳がわたしに問いかけるように揺れていた。

わたしはにっこりと笑って、スープに口をつける。やっぱり奇妙な味でうえってなりそうだから、すぐにお水で流し込んだ。

「わたしは魔法使いとして生きる夢も、好きな人と初めて結ばれることも諦めない。だから、食事くらいなんてことないの。……褒めてくれてもいいのよ？　すごい精神力だって」

もちろん、わたしだって、あなたのために処女を貫いていますって……重すぎなの、わかってるからね？

そんなわたしに、レオルドは視線を彷徨わせたあと、ゆっくり口を開いた。

「……いや、普通に尊敬する。嬢ちゃん、すげえ精神力だ」

「ふふっ、本当に褒めてもらっちゃった。これはこれで、恥ずかしいね」

わたしはなんとなくもじもじしながら、もう一度サラダを口にした。

その苦みが、なんだかちょっと、誇らしく感じた。


――の、だけど。

今日ばかりはわたしの思うようにはいかなかった。

「ほら見ろ……嬢ちゃん、そんな状態でよく強がれたな」

「いつもはここまでじゃないし。なったとしても絶対部屋に誰も入れないで、引きこもってるの！」

「マジですんげえ精神力」

はぁ、はぁと荒い息を吐く。

わたしは他の魔法使いと比べて、魔力回復の能力が低い……んだと思う。他の人がどうかはわからないから、あくまで予想でしかないんだけど。

普段から二日くらい副作用に耐えないと、ちゃんと魔力が回復しない。そのうえ、今日はレオルドのためにはりきってしまったから、いつも以上に魔力を消費している。

だからね？　昼食、夕食とがんばって魔素を摂取しても、それなりに苦しむことになるだろうなとは思っていた。

けれど、まさかここまでひどい症状が出ちゃうなんて、予測できなかったわけで――

外はすっかり日が暮れている。夕食を終えて、本来ならばお風呂とかを済ませて眠る用意をしてもいい頃。

だけど、わたしは支度をするどころか、変わらずレオルドに抱きしめられていた。

お風呂に入りたいし、着替えもしたいんだけどさ……レオルドが意識を取り戻してから、彼と離れるのが以前よりもずっと難しくなったんだよね。

多分なんだけど、彼に施(ほどこ)されていた思考を停止させる鎖(くさり)が、これまで痛みを麻痺(まひ)させてくれてたんだと思う。それを取り払った今、痛みをダイレクトに感じるようになっちゃったみたいで……

だから彼を長時間放置するのは危険すぎるし、わたしも心が痛い。

さすがのキースもこれには頭を悩ませて、くっつくこと自体は止めるわけにはいかないって判断したみたい。

そうしてずるずると過ごしているうちに、とうとう副作用の効果が出始めてしまったってわけ。

身を清めたいんだけどさ……今のレオルドを放置するわけにもいかないでしょ？

だからどうしようかってなったときに、アンナがとんでもない爆弾を落としてくれたんだよね。

『いっそのこと、諦めて、おふたりで入浴されたらどうでしょう？』って。

というわけで。わたしたちは今、なぜかふたりで浴室にいる――のだけれどもね。

「なんだこの扱いはっ、おい！　奴隷よりひどくねェか……!?」

「あはは……」

文句は全部、アンナとキースに言ってほしい。……いや、アンナはなんだかすっごく楽しそうだったんだけど。

『お嬢さま、チャンスですわよ。頑張ってくださいませ』

って、バッチリ耳元で囁（ささや）かれましたからね！

それってつまり……肉体的な意味で攻めろって言ってたわけだよね⁉

付き人自ら主人の退路を断ってきて、頭を抱えたくなってしまう。

（違うのっ！　だから、わたしはっ！　ちゃんと精神的な意味で好いてもらってからっ！　身体を捧げたいわけでっ！）

そこの順番はちゃんとしたい。なのにそれをすっ飛ばしちゃうあたり、アンナは大人だ。処女を守り続けている女魔法使いのロマンをまったくわかっちゃくれない。

アンナはキースと違って、レオルドとのことを最初から応援してくれてるんだけど、ちょっと提案してくるやり方が強引というか、合理的すぎるんだよね。

だからね？　今回の一番の犠牲者は、ある意味レオルドだと思うの。

「おい！　嬢ちゃん！　いくらなんでもこれはっ……特殊プレイすぎるだろっ」

「プレイとか言わないでっ」

「だって、嬢ちゃんこそ、完全に発情してっじゃねェか」

「っ……るさいわね！　もうっ、わたしだって必死なんだから、意識させないでっ」

「そういうことは、オレの背中に胸を当てずに言ってもらえねェかな……!?」

抗議したくなる気持ちはわかるよ。だってレオルドは、下穿きだけはいたまま、両手両足首をがっちりロープで繋がれて、そのうえ目隠しまでされた状態で、浴室に放り込まれたんだもの。

もちろん、やったのはキースだからね！　だからこそ、容赦がなかった。

「これは……さすがのオレでも、鬼畜の所業なんじゃねェかって思うんだ……下穿き一丁で縛られるってなんだよ……どんなプレイだよ……」

「っ……恥ずかしいから、もうしゃべらないでよ。ほら、レオルド……身体洗うから……」

「しかも嬢ちゃんに洗ってもらうって……いっそのこと、アンタのおっぱい使って洗ってくれ」

「それ以上言うとはたくよっ」

「ヤメロ、オレはそういう嗜好はねえ!!」

ここの宿は旧式の風呂で、火の魔法で水を温められる魔道具を利用したシャワーは置いていない。だから桶で湯を汲み上げて身体を洗うことになる。

レオルドは視界がふさがれているので、彼の身体を洗うのはわたしの仕事。今まで散々、眠っている彼の身体を拭いてきたから、今さらと言えば今さらなんだけどね……

わたしは恥を忍びながら、なんとか彼の身体を洗う。

「ふっ……ううっ……」

「お、おい。そんな声を出すなよ」

「だって……」

くらくらするし、なんだか身体が火照っていて、彼にもっと抱きつきたくなる。

普段は多めに魔力を消費したときは、自室にこもって……これ以上は恥ずかしいから言わないけど、まあ、そういうことをする。わたしだって興味ないわけじゃないんだもん。

でも今は、自分で慰めるわけにもいかないからね。

泡たっぷりのタオルをレオルドに擦りつけながら、はぁはぁと息をする。

痛い、傷にしみる！　と抗議の声が届いたけど、今のわたしには対処できる余裕がない。

油断したら、自分の手で、火照った部分をいじってしまいそうなくらいだもん。

「嬢ちゃん？」

話しかけないでほしい。ただでさえ、レオルドの声はわたしの身体に直接響くのだから。

しかも今、彼とは身体が触れ合ってる。彼の声音には色気のいの字もないかもしれないけど、欲望に忠実になりつつある今のわたしにとっては、妙に甘く感じる。

「レオルド……」

「おいっ」

レオルドの制止も聞かずにわずかに身体同士を擦り合わせると、ますますわたしのなかに火がともる。

おかしいな。こんなひどい状態になることなんて、今まで一度もなかったのに。

激マズご飯を食べて、あとはちょっと火照った身体を自分で慰めてあげたら乗り越えられた。

――けど、今は。

（条件が、揃いすぎちゃってる）

魔力の消費量がいつになく多かった。目の前には、初恋の人がいる。しかも、気安く話しかけてくれて。わたしたちは触れ合っていないといけなくて。しかも、今は互いにほとんど裸。

「ごめん、レオルド。ちょっと、わたしを殴って」

縛られていても、目隠しされていても、彼がその気になればわたしに体当たりくらいできるはず。だからわたしは提案してみた。

「は？」

「気を失ったら、何も、できないから。ヤバい、今日はさすがに自信ない……」

「嬢ちゃん、アンタなあ」

「んっ……魔力、使いすぎちゃったみたい。こんなの、はじめて」

疼きに抗うことが難しくて、はぁ、と甘い吐息が漏れた。

レオルドもまた、ため息をつく。そして縛りつけられた腕を動かそうとして、首を横に振った。やっぱり彼の拘束は解けそうもないし、自由には動けないらしい。

レオルドは逡巡したのち、小さく言い放った。

「……とっとと済ませて部屋行くぞ。これじゃ慰めてやることもできねえ」

「え？」

彼の言葉の意味がわからなくて、わたしは首をかしげる。けれども彼は「急げ！」って言うだけで、それ以上は動こうともしない。

レオルドに発破をかけられたわたしは、どうにかこうにか互いの身体を洗って、早々にお風呂を切り上げた。

浴室から出たところに、アンナが待ちかまえていた。彼女はにこにこと、わたしにネグリジェを着せる。ついでにレオルドの拘束も解いてくれたみたい。

ふわふわしているわたしの隣で、ふたりでぶつぶつ何かやりとりしていて――

そこからはよく覚えてない。ただ、わたしたちふたりは、中二階のレオルド用の部屋ではなくて、わたしの部屋のほうへと通されていた。

ああそっか、レオルドはもう首輪をつけてないし、奴隷じゃないもんね。

その部屋のベッドは中二階にある簡易なものと比べるといくぶんか柔らかく、そして広かった。昨日までレオルドは少し身体を丸めてわたしを抱き込んでいたのに、ここならふたり並んでもまだ余裕がある。

わたしはそのベッドに転がされて、ぼんやりと天井を眺めた。ランプに照らされたレオルドの顔がそこにあって、妙に疲れているようにも見えた。

パタン、と、ドアの閉まる音が聞こえる。

アンナが出て行ったのだろうけど……一体この状況は何？

よくわかっていないわたしの上で、レオルドが小さく舌打ちをする。

「ったく、なんなんだ。あのアンナっつう女は」

「え？」

「普通、こんな状態の主人を男の前に置いてくか？　しかも、こんな……」

さわ、と、両手で胸に触れられる。ネグリジェ越しに与えられたのは待ちに待った感触で、身体の奥がずくんと疼いた。

「嬢ちゃん、あのキースって小僧より、アンナのほうがよっぽどタチ悪ィぞ」

「アンナは、昔から、わたしによくして……っ」

「主人想いが過ぎて、暴走してんのか？　チクショウ、乗せられていいのか？　オレは？」

いろいろ言いながら、すっと彼が顔を寄せてくる。視線が絡み合い、涙がこぼれそうになった。

苦しい。つらい。助けてって縋りつこうとして、それでもまだ残っている冷静な意識が、なんとか自分自身を押しとどめる。

「キス……は、やめとくか。嬢ちゃん、そういうのは妙にこだわりありそうだもんな」

レオルドはわたしの頬に彼のそれを擦りつけて、すぐに離れた。そこで、ふと気付く。

「ん……？　……あれ？　レオルド、おひげ……」

「それも覚えてねえのか。さっき、アンナに剃らされただろ？」

意識が、記憶が繋がらない。

ただ、髭が綺麗に剃られていて、彼の顔がよく見えるのが嬉しい。

わたしは、彼のこの顔がとても好きだった。だから、思わず彼のつるつるの頬に手を添える。

「かっこいい」

「へいへい。ありがとよ。……ホント嬢ちゃん、よく今まで喰われずに生きてこられたな」

「だって」

「うん。まあ、メシの件といい、どうしようもないくらい馬鹿で頑固なのはよくわかったよ」

わたしの小さな反抗に、レオルドは苦笑してみせる。それから彼は、わたしの胸に添えていた手をゆるゆると動かしはじめた。

「アンナのお膳立てがなけりゃ、オレもうっかり引いちまいそうだったが。……アンタも厄介な部下を持ったよな？」

「ぅ？」

「どーせ気付いてねェんだろ。アンタ、今、スゲエ服着せられてっぞ？　アンナはオレに、アンタを喰えっつったんだ」

どういうことだろうと思った瞬間に、胸を下から揉み上げられる。親指で先端の形を確かめるように円を描かれて、ピクリと身体が震えた。

「は、んん……っ」

「たしかめる余裕もねェか。ま、安心しな。なんつうか、オレも、アンタの頑固さに敬意を表しているからよ。悪いようには、しねえ。——仕方ねえからご奉仕してやるよ、ご主人さま？」

「ご主人さまじゃ、ない」

「そうか。ま、人の厚意はありがたく受け取るモンだ」

そう言って彼は、わたしのネグリジェのリボンを解いていく。

前をいくつかのリボンで結ばれたネグリジェは着せやすく、そして脱がせやすい。あっという間にわたしの胸は外気にさらされ、火照(ほて)った肌をむき出しにした。

「細っこいガキだと思ってたが、ホント、いい胸してるよな。さっきは目隠しされてたから、ようやくちゃんとこの目で見られたが……」

「――っ」

ぴちゃぴちゃと、わざと唾液をたっぷりつけるように舐めまわされる。もう片方の先端も彼の太い指に転がされて、摘まれるたびにピリピリと刺激が走った。

「ぷっくり熟(う)れて、なかなか美味(うま)い」

「んっ……」

レオルドに胸をいじられるたびに、なんだか股の間がきゅんきゅん切なくなって、自身の脚を擦(す)り合わせる。

触(ふ)れたい。なんでもいいから慰めたいって気持ちと、それを引き留めようとする自分がせめぎ合って、切ない。

彼はすぐにわたしの変化に気がついたらしく、ニイと口の端を上げた。

「はいはい、そっちな。いいよ、すぐにいじってやる」

するすると、彼の太い指が下へと這(は)わせられる。躊躇(ちゅうちょ)なく茂みをかきわけて辿り着いたその先、その感触に、わたしの身体もビクンと反応した。

「ああ――やっぱもう、濡れてるじゃねえか」

「ふぅ……ん」

「あー。なんだよ、色っぽい顔しやがって。嬢ちゃんみたいに身持ちの堅い女魔法使いは大変だな」

肉襞を押し広げられて、中指がするりとナカに入り込む。彼の太くてごつい指がぬるりと動いて、わたしの内側を擦り上げた。


「あ……っ、やぁ……だめ、だよ。レオルド」

「でも、苦しいんだろ」

「やだ。お願い、やめて」

「あー……最後まではしねえから、暴れるな。ほら、楽にしてやるだけだから」

彼を止めようとして差し出した手を、余ったほうの手で掴まれる。

「そんな顔したままの嬢ちゃんと一緒に寝るのは、さすがにオレもキツい。だから、互いのためだ」

「レオルド……」

「熱が引いたら終わり。治療だと思え。アンタはオレの〈鎮痛剤〉で、オレはアンタの〈解熱剤〉だ」

「げねつざい……」

「そうだ」

わたしの心は少しだけゆらいで、手を引っ込めてしまう。すると彼は、空いた手でぽんぽんとわたしの頭をなでた。

涙目になりながら彼と視線を合わせると、彼もまた苦しそうな顔をしながら、でも少しだけ表情を緩めてくれる。それはいつも厳つい表情ばかり見せていた彼のなかでは、格別の笑顔なんじゃないかとわたしは思った。

「オレは、ロクでもねぇ男だし、まあ、約束とかもあんま守らねぇけどよ。アンタに恩義は感じてるんだ。これは、本当だぞ？」

「ん」

「ついでに、目の前で発情されてるのは本当に毒でしかねェからな？　オレに解されて楽になるのは、嬢ちゃん、アンタの義務でもあると思え」

「ぎむ……」

「そうだ。発情しすぎてわけわかんないまま最後まで喰われたくなけりゃ、今のうちに楽になっとけ。だから、ほら、身体に力を入れるな。ちゃんとしてやるから、オレに任せろ。……な？」

ようやく少しだけまともに呼吸ができて、身体が軽くなった気がした。

そんなわたしの変化にレオルドも気がついてくれて、さらにぐしゃぐしゃと髪をなでられる。

そして彼は、わたしの蜜口につっこんでいた指を、本格的に動かしはじめた。

「もうぬるぬるだな？　この調子じゃ、すぐに二本イケそうだな……ほら」

人差し指もねじ込まれたと思うと、二本とも同じように動かしたり、バラバラに動かしたりして、緩急をつけられる。そのまま彼は器用に肉芽も探り当て、いじりはじめるからたまらない。

「〜〜〜〜〜っ！　んっ、んん——っ！」

「嬢ちゃんはクリのほうがいいのか？　じゃ、もう少しいじってやるな？」

トントントン、と素早く何度も叩くような動きをされると、そこからピリピリとしたしびれが広がってゆく。乳首も同時にいじられると、身体がぶるぶると小刻みに震え、わたしは仰け反った。

「嬢ちゃんのここはヤラしいな？　根元からぷっくり、弾けそうになってるぞ」

「んっ、や、恥ずかしい……っ」

「とか言って、ますます可愛い色になってきた。どうだ？　擦られるの、気持ちいいだろ」

「んんんんっ」

根元を摘まんだまま先端を擦られると、そこから甘い刺激が身体全体を巡る。

すっかり充血しきった肉芽をさらに爪で弾かれ、背中が跳ねた。

「はぁー……やべえな。今の嬢ちゃん、すげえ可愛い」

「んっ、レオルド……だめ、そこっ」

「感じるんだろ？　ほら、遠慮せず、もっと気持ちよくなれ」

ぐりぐりとこねられて、こらえられず声が漏れた。

「あんっ、でも、わたし……」

「おーおー、もう、顔もとろっとろだな？」

そう言って彼は、わたしの顔に自分の顔を寄せてくる。

「あー……やべえ。嬢ちゃん、キス、しねえ？　したくねえ？」

彼の息も荒くなって、色気たっぷりの声で甘えられると、つい絆されそうになってしまう。けれどもわたしは首を横に振り、それはしないと主張した。

「そりゃ、残念だ。ああ、やべえ。可愛いわ。マジで可愛く見えてきた。……オレのほうが耐えられっかな」

さんざんガキだガキだと言っておきながら、彼は今さらそんなことを口にする。ちょっと褒められただけで、わたしの心はすぐにぐらりと来るというのに、彼は容赦ない。

「あっ」

唇じゃなければオッケー、みたいなルールが彼にはあるのだろうか。

頬にキスをされ、愛撫され続ける。

首に、鎖骨に、胸にとたくさん優しく口づけられ、そのまま強く吸われる。

「あー、やっぱ若ェとハリが違うよな……奴隷の身で、こんな美味しい思いができる日が来るとは思わなかったぜ」

「ちがっ、奴隷じゃ……」

「そうだった。まあ、さんざんひどい目にあった分、幸運を拾えたってことだ」

ちゅ、と、触れる唇が、優しい。

彼はどこか乱暴な人だと思っていたし、彼がわたしに与えてくれる行為には愛情がない。……はずなのに、すごく丁寧に扱おうとしてくれているのは理解できた。

(勘違いしそうになるから、やめて)

いっそ、優しくしないでほしい。

そうしたら、わたしのほうからキスしてほしいなんて、間違っても口にすることはないだろう。

「レオルド……」

「ん？」

「ひどく、して……ぐちゃぐちゃに、意識飛ばすくらい、ひどく」

だからわたしは伝えた。勘違いしないように。期待しないように。

そりゃあ、いつかはって思うけれど、今のわたしが恋人のように甘えていいはずがない。

ただでさえ、わたしは彼より上の立場にいる。今の彼には必要不可欠な人間だもの。

彼に恩を売ったからって、気持ちのない彼がほしいって言ったら、だめなんだ。

だってそんなの、あまりにずるくて、虚しいじゃない。

わたしの言葉を聞いて、レオルドは眉根を寄せる。

「……どうした」

「やっぱり、だめだよ……」

ぴたっと、彼の動きが止まった。そして驚いたように顔を上げる。

彼はぎゅっと口を引き結び、何かを言おうとして、首を横に振った。

「そうだな」

そう短く言葉を切った彼は、再びわたしの蜜壷に触れた。ぐにぐにと、まるでただ処理しているかのごとくわたしのナカをいじりはじめる。

それでも、彼の呼吸が、少し荒くなっていたことに気がついた。

さっきまでほんのりと乗せられていた甘さはそこにはないけれど、それでも、彼はわたしを見て欲情してくれているらしい。

「ぐちゃぐちゃに、してほしいんだったな？」

少し、彼の声が冷たく聞こえる。

こくり、と頷く。すると、わかった、と彼も短く言葉を切って、わたしの太腿（ふともも）に両手を添えた。

「んじゃあ、少し協力してくれ」

「あっ」

いつの間にか彼は下穿きを脱いでいて、ベッドに膝（ひざ）をついていた。

「嬢ちゃん、外が好きなら、これでもイケるだろ」

ふと、そちらに視線を向けて、後悔する。

完全に上向きになっているあまりにも猛々（たけだけ）しい彼のモノ。完全に勃ち上がっている男性のそれを見るのははじめて。ぼこぼこと血管が浮き出ている凶悪な形、大きさに、唾（つば）をのみ込む。

その先端からすでに透明の汁がこぼれ落ち、てらてらと光っていた。

「オレのがこうなった責任も、とってもらうかな」

「レオルド……」

「お互い様だろ。別に挿れやしねえよ。が、まあ、慰め合おうぜ」

「あっ……」

ぐい、と両腿（りょうもも）を強く合わせられたかと思うと、彼は自身の猛（たけ）りを丁度その間に挟み込んだ。かなり急な角度で腰を持ち上げられ、合間に擦（こす）るように彼の腰が前後しはじめる。

素股で秘裂を擦（こす）られると、さっきぷっくりと腫（は）れるほどにいじめ抜かれた肉芽が、じんじんと熱くなってくる。

「あっ……あんっ、あっ……レオルド……っ」

「はっ……ああ、やっぱヤベエな……嬢ちゃん」

「んっ、こすっ、擦れてるっ」

「ひどくしてほしいんだろ？　オラッ！」

肌と肌を強く打ちつけられ、しかもその動きは止まることがなかった。

彼はここ数日、脅威の回復力を見せていたけれど、やはりもともとの体力が他の人とは全然違う。

容赦なく股の間を擦られ、直接刺激を与えられる。

呼吸するのもやっとなのに、わたしの身体は正直で、もっともっととねだるように、彼の腰に自分の腰を擦りつけてしまっていた。

奥にほしい。

気持ちいいけど、めちゃくちゃに突いてほしい。

表面への刺激がどんどん強くなって、どんどん欲深くなってしまう。

じんじんとした刺激は、やがてわたしの中心部に溜め込まれていき、もう少し苛められたら、一気に弾けてしまいそうだった。

「あっ……レオ……んぅぅ」

「どうだ、感じるか？」

「きもち、い」

レオルドが喉の奥で笑ったのが聞こえた。

「……もっとそうやって素直になってくれりゃ、オレも遠慮しないでいいのにな」

「え？」

うまく聞き取れずに首をかしげるけれど、彼ははぐらかすように腰をぶつけてくる。

「なんでも？　……オラ、イキそうなんだろ？」

「あっ、ああっ……」

彼の動きがますます激しくなる。けれども、彼はあとちょっと――もうちょっとのところで、少し動きを緩めるのだ。

「ああン……レオルド……っ」

「ん？　イキたいだろ？　ほら、おねだりしてみろ」

「あっ」

「イかせてください、だろ？　嬢ちゃん、ちゃんと言えるか？」

いつの間にかすっかり立場は逆転していて、わたしは彼に懇願しなければいけないらしい。

足りない熱を、満たしてください。

あと少しで溢れそうな刺激を、どうにかしてください。

涙目になりながら、わたしは必死で、空中に両手をかかげる。

ほしい。もっと。もっと。

何かを掴み取りたい欲だけが溢れて、空気を握りこむ。

「はっ、んっ。レオ、ルド……」

「ン？」

「イキたい……イかせて？　ね？　イかせて、レオルド……っ」

「リョーカイ」

くっ、とほの暗い笑みを見せた彼は、さらに腰を打ちつけるスピードを上げた。

わたしのものか彼のものかわからない汗が飛び散って――世界は、本当にわたしたちふたりだけになった。

高まる熱に、もう、抗えない。

「あっ、イク！　イク……っ！」

「ン――――っ！」

わたしの身体が大きく震えるのと同時に、彼のものからも大量の精液が噴き出す。

その白はぱたぱたとわたしのお腹を汚し、やがてシーツにこぼれ落ちていった。

わたしはもうくったりしていて、指一本動かせそうにない。ただ、全身が恐ろしいほど敏感になっていて、世界がぱちぱちと瞬いて見えた。

視界の端に、彼が映る。髭が綺麗に剃られているから、その表情がよくわかる。

くしゃりと目を細め、口の端を上げる彼は、後悔と満足がにじんだ顔を見せていた。

「ハハ、いい眺め。……どうだ？　少しは、治まったか？」

「はぁ……はぁ……」

わたしは息も絶え絶えで、彼の問いに答える元気もない。だけどどうにか視線だけを合わせて、こくり、と頷いたつもり。

「ん。なら、とっとと寝ちまいな。これ以上、エロい女になって、本気で喰われねェうちにな」

「ぁ……」

「ほら。おやすみ」

——うん、おやすみ。

そう言ったか、言えなかったのか。わたしにもわからない。

ただ、欲が満たされたとたん、今度は身体が体力の回復を欲して、激しい睡魔が襲ってくる。

わたしはそれに抗（あらが）うことができずに、気がつけばそのまま、目を閉じてしまっていた。

＊＊＊

魔法の才能を持って生まれた瞬間から、オレ、レオルド・ヘルゲンは勝ち組だった。

あまりに楽勝で、圧倒的な人生だ。親父がそれなりに力のある傭兵（ようへい）だったから、ガキの頃から徹底的にしごかれたのも、昔は運がよかったと思っていた。

魔法っていうのは不思議なもので、自分に向いている力っつうのは、なんとなく使い方がわかる。

オレはもともと身体強化が得意な魔法使いだったようで、本能のままガタイのいい大人どもを蹴散らすのは快感だった。

ま、親はある程度オレがモノになったら貴族に売り飛ばすつもりだったようだけどな。さすがにそれはごめんこうむるよ。

オレの能力はオレのものだ。どう使うかはオレが決める。

だから早々にひとり立ちして、そこらへんの街をフラフラ。モンスターを狩ったり偉い人の護衛なんかをしたりする冒険者になった。

いろいろなギルドを渡り歩きながら活動を続けて、十六歳くらいの頃だったかな。デガン王国から声がかかったのは。

それまでいろんなところから勧誘はもらっていたし、長期間滞在した国も少なくはなかった。

騎士の位（くらい）を授与すると言われてもメンドクセエとしか思わなかったけれど、そのときはなぜか、少し興味が湧いた。

今思うと、イキったガキが、ハクをほしがったんだろうな。

よそ者のうえ若すぎると、抗議の声は相当あったみたいだがよ。こちとら、ガキの頃からギルドで名をあげてたんだ。騎士見習いなんざ一瞬でぶっちぎり、すぐにそれなりの地位に上りつめた。

ただ、丁度その頃かな。オレの身体にも変化があった。

魔法使いというのは厄介なもので、子供から大人になって、身体の作りが変わることで、魔力の補給のあり方が変わるんだ。魔力の欠乏は欲に忠実になることで解消されるが、大人になるとその欲が主（おも）に性欲へと変換されるようになる。

……だがまあ、女には困らなかったさ。騎士になって数年経つ頃には、かなり金も貯め込んでたしな。魔法使いサマっていうだけで、女が向こうから寄ってきやがる。

ただ、デガンで最初に騎士の誓いをしたとき、オレの預かり知らぬところで、別の魔法契約を上乗せされてたんだ。

気付かなかったオレもバカだが……どうせ体裁(ていさい)だけだろうとそれなりに乗り気で誓ったところ、そこに〈隷属〉魔法による縛りが発生しやがった。

〈隷属〉魔法はとても強力だが、万能じゃねえ。

相手の精神力が強ければ、弾(はじ)き返されることもあるし、そもそも縛ること自体、簡単なことじゃねえ。

デガンのヤツらも、オレを確実に縛れるように考えたんだろうな。

誓いの場には、目に見えない精神同士の繋がりが生まれる。そこに別の繋がりを紐(ひも)づけるのは、何も繋がりのない状態に比べるとかなり容易(たやす)い。

だからヤツ――〈隷属〉魔法使いオスヴィン・オルトメイアは、その瞬間を利用しやがった。

……それもまた、デガンの王の命令だったのかもしれないが。

結果として、オレはデガン王国から外に出られなくなった。

今まではどんなに厄介事を引き起こそうが、逃げちまえばそれまでだったのにな。面倒なヤツに捕まったもんだ。

最初の三年くらいはそれでも耐えられた。適当にイイ顔しときゃあ女は寄ってくるし、騎士だってことで今までより上等な女にもありつけたしな。

だが、年月が経つにつれて、誰ぞの女をとっただの、平民のクセに騎士になりやがってだの、言葉遣いが悪いだの……妙なルールやしがらみ、そして偏見に、雁字搦めにされていった。

それでも、オレはオレを変えるつもりはなかった。

この国ではただでさえ稀少な魔法使いサマだ。騎士でオレにかなうヤツはいなかったし、これからも現れないだろう。土地に縛られるのは面倒だが、そうならそうで、好き勝手生きてやる。

——そう、思っていたんだがなあ。


かさりと、布の擦れ合う音がした。

(昔の夢か)

夢を見るなんていつぶりだろうか。

しかも、よりによってあんな、最悪な時代の夢を。

……いや、いつだって最悪だ。オレの人生はロクなモンじゃねえ。

金を稼いで女を抱く。権力を得て好き勝手に振る舞う。そのときそのときは楽しくてたまらなかったはずなのに、あれらすべての行動の結果、今のオレがいる。

(後悔、しているのだろうか)

よくわからない。

もう何年になるだろう。身体と精神を抑え込まれた操り人形のようになって、オレは考えることを放棄した。

痛みが全身の感覚を麻痺させ、生きているか死んでいるかもわからない地獄……

今思えば、オレ自身ロクでもねえ野郎だったからな。敵だって多かった。ハンパな野郎だったらオレも軽くノして終わりだったが――〈隷属〉魔法相手となると、どうしようもねえ。

派手な人生も、転落をはじめると、あっという間だった。

王女との婚姻を断ったせいで王に見放され、貴族に飼われることとなり、そのうちかけられていた〈隷属〉魔法によって強制的に苦痛を与えられることが増えた。

それに抗おうとし、魔力を暴走させた結果、オレは奴隷堕ちし――やがて、力すら封印された。

そのあとのことはよく覚えていない。つうか、思い出したくもない。

ただ、雇い主がころころと変わり、オレは自分の意思もまともに保てないまま、好きに使われた。罵倒されても表情ひとつ変えず、頭を地面に擦りつけてそのまま踏まれる。

痛みに支配されても抵抗しようとして、赦しを乞わないからとさらに折檻された。それは、永遠とも感じられる、屈辱の日々。

それがなんだ。今、この状況は。

「ん……」

――オレの腕のなかで、シェリルが身じろぎした。

先ほどまで、あんなに乱れていたというのに、今は幸せそうに背中を丸めてオレの胸に擦り寄ってくる。

元々可愛い顔つきだが、眠っていると幼くすら見える。そして、細くて、小さな身体。

（こんな身体でなんつー行動力だよ、なあ？）

コイツはオレのことを気に入っていて、奴隷堕ちしたオレを捜し続けてきたらしい。

だが、コイツは女魔法使いだ。それなりに腕もいいのだろうし、聞くところかなり有名な魔法使いのようだ。つまりコイツは、これまでもかなりの頻度で魔法を使ってきたはずだ。

そのたびに、男では発散せずに、別の方法で鎮めてきただと？　この年になるまで？

しかも、あんなクソマズイ料理でだぞ？

おそらく、一食程度じゃ済まねえ。何食も何食も置き換えてきたのだろう。だから、こんなにほっそいんじゃねえかと思う。

まったく、アンナやキースは何してやがんだ。どう考えても身体に毒だろ。

だが、主人があああも頑固だと、きっとあの激マズ食事を用意してやることしかできなかったんだろうな……

枷で繋がれた牢屋のなかで、コイツに出会ったときのことを思い出す。

コイツがオレに触れた瞬間、世界が、一瞬にしてクリアになった。

オレは思考することがまともにできないでいたのに、あのとき、あの瞬間、オレの世界に一気に入ってきて、手放せなくなった。

触れると痛みがなくなるから、だけじゃねえ。

……だとすればなんだ？　ってなるわけだが、オレにも答えが見えねえ。――だが。

（オレ、なんかめちゃくちゃ恥ずいことしてなかったか？）

まるでガキのように、泣いて、くっついて、あれやこれやと世話を焼かれ……

（最悪だ）

恥ずかしくて、死にそうだ。

昔のオレを知っているヤツらなら、嘲笑し、噂話のタネにするだろう。

（でもコイツは、それを一切蒸し返さねえし、からかうことすらしねえし……）

……根っからの善人って本当にいるのだろうか。ただ、考え方がお花畑すぎるだけ？　魔法使いがこんな育ち方するか、普通？

「ん……」

擦り寄られると、なんとも言えないようなそわそわした心地がする。

好きな相手にしか身体を捧げるつもりがないとシェリルは言った。で、コイツは昔からずっと、オレを追ってきたと。

（それって、オレのために処女を守ってきたってことだろ？　女魔法使いが？　……いやいや、馬鹿だ。馬鹿すぎるだろ）

ついでに言うと、重い。

奴隷に堕ちたオレを捜し続け、買い取って、そのうえタダで魔法を使ってまで救い出した。それが並々ならない想いであることは理解しているし、感謝もしているよ。

だが、それはそれとして、こちとら女とは長い間オサラバしている状態だ。

目が覚めて、オレを慕ってるっていう若い女が、オレにずっとくっついている。——普通に考えると、これはいただいちまっていいということだ。

メシのときに、シェリルの話を聞いていなけりゃ、今日だってなんとでも言いくるめて最後までヤッちまってたことだろう。

そもそもオレだって、目が覚めたときからコイツを喰う気満々だったんだ。——シェリルが、あの頑固さの片鱗(へんりん)さえ見せていなければ。

(このオレが、日和(ひよ)っただと?)

コイツの気持ちは純粋すぎる。だからこそ、手を出しきれなかった。

オレなんかが易々と手を出していい女じゃねえ。奴隷上がりの、どうしようもないくらいだらしない自分が、遊び半分でいただいていいはずがねえんだ。

だからといって、本当に自分が踏みとどまれてしまった事実にも驚くしかない。そのうえキスひとつにまでお伺いを立ててるんだぜ? 信じられるか?

欲に忠実に生きてきたオレが、マジでよく我慢できたなと。

(何が『キス、しねえ? したくねえ?』——だ。なんだよ、オレ。すりゃあいいじゃねえか、それくらい)

拒否されて、気持ちの行き先が見えなくなって、めちゃくちゃ彼女の身体に唇を落とした。

本当はコイツの唇に吸いついて、舌を絡めてねっとりと愛撫してやりたかったのに、コイツは許してくれない。

(なんだよ、オレが好きなんじゃないのかよ)

所有印ひとつつけられなくて、情けないったらありゃしねえ。ったく、オレは一体何に遠慮してんだ。

（アンナの脅しにビビってる？　……いやいや、それは絶対に、ねえ）

風呂で拘束を解かれて、ふらふらしてるシェリルを担いでベッドに移動する際、あの女は全力でオレを脅しやがった。

『お嬢さまのことは、ずっと心配してきました。鎮めることを許された殿方を救い出せて、私どもも安心していますのよ？　私は、お嬢さまが選ばれたという理由だけで、あなたとの関係は歓迎するつもりですの。でも――』

ドスのきいた声であの女は続けた。

『最後までなさるのでしたら、しっかり責任はとっていただきますわよ？』

立ち振る舞いからおそらく、あの女はシェリルの護衛も兼ねているのだろう。キースもそうだが、かなりの腕だ。かといって、それでオレの意志を折れるかと言うと、答えは否だ。

――つまり、オレをこうしたのはシェリルだ。

オレの意志を捻じ曲げるほどの頑固さ。アレが、オレの行動を変えた。

「……」

すうすうと、オレの腕のなかで眠る小娘のあどけない表情を眺めていると、身体の奥が疼く。

……違う。これはあれだ。きっと、久しぶりだったからだ。

（一発じゃ、全然足りねえから、ってことにしておくか）

元気になったものだなあと思う。以前ならば、体力が足りずに勃つものも勃たなかったろう。

無意識に、シェリルの髪に口づけを落としていた。

艶(つや)やかな淡い茶色の髪。フォ＝レナーゼじゃよくある髪色だ。

かつてコイツが誘拐されたとき、オレが助けたらしいが、そんなの何人も心当たりがある。そばかす以外見た目に特徴のねえコイツのことを、覚えているはずもねえ。

それに、奴隷制度のあるデガンじゃ、誘拐なんて珍しい話じゃねェからな。フォ＝レナーゼのコイツとなぜ縁があったかはわからねェが、きっとコイツがデガンに来ていたかなんかなんだろう。

（そういや、昔、オレにプロポーズしやがったガキがいたなあ）

そのガキは誘拐されて、牢(ろう)に入れられてピィピィ泣いていたんだよな。

それがウザくてブン殴(なぐ)ってやったのに、なぜかあのガキはいたく感動して懐いてきやがった。女の方から結婚を迫られることなんざしょっちゅうだったが、子供に懐かれたのははじめてだったな。

――ああそうだ。そいつは黒髪の〈隷属〉の魔法使いの卵で、だから攫(さら)われたんだった。

あんときは、謝礼があとから送られてきたんだが――なんせ娘が黒髪の魔法使いだからなのか。

結局そいつの家のヤツらも名乗りはしなかったし、オレも深入りするのはやめたんだった。

（〈隷属〉……なぁ。今はやっぱ、奴隷商人と繋がってるような胸クソ悪ィ仕事してんのかな）

稀少な黒き神の祝福を得ているなら、まず間違いなく、犯罪者や奴隷を縛る仕事をしているだろう。ただ、この国でオスヴィン以外に〈隷属〉魔法使いなんて聞いたことがないから、実際どうなったかはわからないが。

まったく、ロクでもない世の中だぜ。魔法使いで、決められた未来に抗(あらが)える者など――と、オレはそこで、改めて理解する。

「シェリル」

気がつけば、その名を呼んでいた。

嬢ちゃんなんて子供扱いするのは、あまりに失礼な気がした。

「アンタ、すげえなあ」

〈隷属〉魔法に対抗できるだけの特殊な力と強い魔力を持ちながら、自分の未来をしっかり切り開いている。そして、ここまでまっすぐ、折れず、誠実に生きている。

唯一間違いを犯しているとすれば、それは、オレを選んじまったっつうことだ。

オレだって、大商家であるアルメニオ家の噂くらい聞いたことがある。あそこは初恋の相手を選び取る、恋愛結婚至上主義だ。

だとしたら、オレはとんでもない間違いを犯させちまったことになる。

コイツがオレに惚(ほ)れたきっかけなんざ、オレは何ひとつ覚えちゃいねえんだ。どうせ適当なこと言ったんだろうが、それでたまたまコイツをひっかけちまった。

もっと真っ当で、相応(ふさわ)しい相手なんか他にいくらでもいるだろうによ。

「とんでもねえ馬鹿だなあ、アンタは」

間違えてオレの前に現れちまったからだ。

せめてもっと遅く。アンタが誰か、他のヤツを見つけたあとならよかったのに。

「肝心なとこで、運がねえ。……魔法使いなんか、そんなモンか」

どうあがいても人に利用される。魔法使いに生まれたこと自体が、不幸でしかないのだから。

（せめて、もうちっとまともな道に行かせてやらねえとな）

助けてもらった恩もある。それに、どうにもオレはコイツのことが気に入ってしまったらしい。……もちろん、コイツがほしがるような感情は向けられねえがな。

オレはコイツの〈解熱剤〉。それ以上にはなっちゃいけねえ――そう思うからよ。

コイツにゃまともな未来を歩いて、魔法使いでも真っ当に生きられるのだということを証明してもらいたい。その相手がオレじゃあ不適当だろ。

眠るシェリルの頭をなでると、幸せそうにふにゃりと笑いやがる。

「ん、レオルド……」

「はぁぁ、平和そうなツラしやがって。……ありがとうよ。シェリル」

返しきれないほどの恩ができちまった。

だから、せめて。コイツが笑って生きられるようにしてやりてえ。

なんとなく、そんなことを思った。

＊　＊　＊

わたしはとてもあったかい場所にいた。

張りがあって、触り心地のいい硬めのクッションのようなものに顔を擦(す)り寄せると、よしよしと頭をなでてもらえる。だからもっとと擦り寄ろうとしたとき、ふと、意識が浮上した。

「ん……」

「起きたか、嬢ちゃん」

頭の上から声が降ってきて、ぱちりと目を開けた。

鮮やかな赤い色の瞳とかちあって、瞬く。

（あれ？　レオルド？　お顔がツルツル？　お髭ない？　……昨日剃ったって言ってたっけ？）

ぼんやりしながら、わたしは自分の状況に意識を向けた。

布団で覆われてはいるけれど、彼は何も身につけてない。つまりこの感触は、しっとりとした肌が擦れているものなのだと理解した瞬間、自分が置かれた状況を理解した。

「っ！　ちょ、何これ、ひゃあああっ、レオルドっ」

彼に抱き込まれ、むぎゅりとわたしの胸も押しつぶされていて。しかも、わたしも裸なわけで。

（むむむ、胸が、あたって……!?）

「んー？」

「離して！　服、着ましょう？　ね？」

「でもまあ、これがオレにとっちゃあ一番楽なんだが」

「だめよっ、ちょっと、これはっ、んんん」

離れようとするのに、レオルドは面白がるように身体を寄せてくる。

そのうちがっつり壁際まで追いやられて、ぐいと身体が持ち上げられた。

「よう。おはよ。いい目覚めだな？　――ほら、そんな逃げるなよ。昨日、もっとエロいことしたろ？　今さらだ、今さら」

「きの、う？」

「…………もしかして、忘れたとは言わねえわな？」

ふと、レオルドの表情が険しくなる。

お髭がなくなったせいか、もともと厳つい顔がますます鋭く――よく言えば精悍になった気がする。脅されているはずなのに、なぜか顔に熱が集中する。

朝っぱらからすっかり真っ赤になっているであろうわたしを見て、レオルドもようやく表情を緩めた。

わたしは彼の上にのしかかるような体勢にさせられていて、ガッチリとホールドされている。

「どうだ？　ちっとは身体が落ち着いたか？」

「あっ……そういえば」

言われてようやく、気付いた。

彼に乗っかったまま、手をにぎにぎしたり、身体のなかの魔力の気配を感じてみたりする。

というか、わざわざそうまでしなくても、絶好調ということはすぐにわかった。

本来ならば今日も一日激マズ料理で過ごすしかないかなと思ってたんだけど。

（これは……）

完全回復だ。気力に満ちている。

身体を重ねることによって、魔力の自己回復機能が高まったのだろうか。

わたしはこれまで自分の魔力回復速度が相当遅いと自覚してきたのだけれど、もしかしたら、誰にも身体を許してなかったからかも——と考えたところでハッとする。

ガバッと、お布団を引っぺがして、シーツを確認した。

「おいおいどうしたよ」

「レオルドっ、わ、わたしっ、さ、さいご、までっ……」

「あ？　ああ、やっぱ覚えてねえか。ヤッてねえよ、安心しろ」

断言してもらえて、胸をなでおろす。でも、ホッとしたのもつかの間——

「んー、いい眺め。嬢ちゃん、細っせえが、胸は立派だよなあ」

「へ？」

「どうせならこのまま挿れて下から——いやいや、だからオレは」

と、彼がボソボソつぶやいているから、理解した。

わたしたちはふたりとも裸同士で、わたしはレオルドの上に跨がっている。レオルドもレオルドで、朝の生理現象が……

「いやあああああ!!」

朝から部屋にわたしの絶叫がこだました。


レオルドが目覚めて、数日後。わたしたちはハルフラットの街で馬車を借り、西へ向かっていた。

彼が目を覚ました翌日、わたしたちはいろいろ話し合って、ひとまずフォ＝レナーゼに戻ることにしたんだよね。

デガン王国を出たとして、レオルドには行くあてもなかったみたいだし。

フォ＝レナーゼなら他国の者でも過ごしやすいから、再出発するにしてもいい土地柄だしね。彼の魔法を〈解く〉にもそこそこ時間がかかるだろうから、旅の間にじっくり解除に取り組もうよって提案してみたら、レオルドも頷いてくれた。

……本音を言うと、この国の外に出られるのなら、どの国でも一緒って感じだったけど。

ここからフォ＝レナーゼに戻るには、まっすぐ国道沿いを行っても二、三週間はかかる。

デガン王国の国土は広いから、東の端から、しかも頻繁に魔法を使用しながらの旅となると、もっとゆっくりした行程になるかもしれない。

憂鬱だよね。だって、それなりに馬車は揺れるし、長時間だとお尻も痛くなるもの。

けれどもわたしは、この日もがっちりとした人間クッションのおかげで、ある意味デガンに来たときよりもかなり快適な旅をすることになった。

そう。わたしってば、馬車に乗ってる間もレオルドの膝の上に腰をかけていてね？　ぐるりと腰に腕を回されてるんだよね。

昨夜のことを思い出すと、いまだにドキドキして、とにかく落ち着かない。

挙動不審にならないように気をつけてるんだけど、レオルドとたまに目が合うと、彼はからかうように笑ってみせるから、そわそわしてしまう。そういうところ、余裕でずるい。

「おい、レオルド。お嬢さまとの距離が近すぎる。少し離れないか」

「あ？　無理だ、無理無理。アンタは痛みに耐えるのも修業だーっつうタイプのマゾだろうけど、耐えなくていいモンは耐えない主義だ、オレは」

キースとレオルドの間で、もう何度目かわからない会話が繰り返されている。

ここ数日で、レオルドとキースはすっかりケンカ友達になっていた。

いつもキースがぷりぷり怒って、レオルドがそれを流すっていう構図なんだけど、もはや定番になっているので、わたしもアンナも放置するのにすっかり慣れてしまっている。

キースがうるさく言うからお髭も毎日綺麗にして、ざんばらだった髪も彼に整えてもらってね。

だから今のレオルドは、かつての〈赤獅子〉が正しく年をとった姿だ。

昔の面影と、年をとったからこそのたくましさ？　っていうのかな。そういうのを感じて、わたしはドキドキしちゃう。

当の〈赤獅子〉はやっぱり自由で、わたしにくっついているっていう事実をものともせず、好き勝手に過ごしている。

旅をするにあたって彼の衣類や武器を用立てたときは、ちょっと複雑そうだったけどね。

何かを買い与えられるだけの立場に、きっと慣れていないんだと思う。

だからなのかなんなのか。まるでその不安を断ち切るように、彼はわたしを背中に乗せたまま腕立て伏せしたり、スクワットしたりと筋トレをはじめたんだよね。衰えちゃった肉体をどうにかしないとってはりきってるみたい。

それから毎朝わたしを抱えたまま、キースと鍛錬までするようになった。

キースもキースで、レオルドを叩きのめしたいって気持ちがあったらしくてさ。

『大丈夫です。お嬢さまには、傷ひとつつけませんから』

ってレオルドと対峙しながら、爽やかな笑顔を見せてくれちゃってたよね。

いやそこ。わたしを担いだままってところをつっこみなさいよって思ったけど諦めた。

……ほんと、キースは頭がよさそうなのに、優先順位っていうネジがいくつかぶっ飛んでる。護衛としては優秀なんだけど、たまーに突拍子もない行動をしてくれるんだから。

でも、カンを取り戻したいらしいレオルドとは利害一致？　みたいなものをしちゃったらしくって、結果的にわたしまで訓練に巻き込まれている。

キースは、レオルドにいろいろ思うところはあるみたいなんだけど……うん。いろいろ、目をつぶってくれている……んだと思う。たぶん。

ぷりぷり怒ってはいるけれど、わたしたちの行為を本気で止めようとはしてこない。

レオルドの魔力の通り道を縛っている鎖はまだまだ頑丈で、フォ＝レナーゼに辿り着くまでに〈解く〉のは難しそうな気がする。

でも、少しずつ確実に削り取っている。以前よりは楽になったってレオルドも言ってくれてるし。

もちろん、わたしが少しでも離れようとしたらぎゅうぎゅう抱きしめてくるんだけどさ。

『距離が足りねえ。面積が足りねえ』って、すっかり口癖になっちゃったセリフを言ってね。

わたしは内心苦笑して、思わず顔を俯けた。

――わたしたちは西へ向かいはじめたばかり。

レオルドの〈隷属〉魔法を断ち切ったときのことを考えると、不安じゃないと言えば嘘になる。

けれども、わたしは、まず、今を大切にしたい。

どんな理由であれ、彼と一緒にいられる時間を得られたことは、わたしにとって幸せなことで。

だけど、わたしばっかり幸せなんじゃや、とも思うから。

自信満々に彼がほしいと宣言した身ではあるけれど、ちゃんと、わたしはわたしで彼のことを見て、向き合いたい。

それが、勝手に彼を自分の未来へ巻き込もうとしたわたしの義務であって、ただ、わたしがやりたいこと。

まだ、これからだ。

焦(あせ)るな、シェリル・アルメニオ。

幕間　ウチの娘、かわいい

抜けるような青空に、汽笛の音が響き合う。

港をぐるりと囲むようにして赤銅色(しゃくどういろ)の旗をはためかせる大きな船に向かって、人々は手を振ったり、楽器をかき鳴らしたりと忙しい。

パタパタと白い鳩が大空を自由に羽ばたき、今日のよき日を讃えているようだった。

赤煉瓦の倉庫が立ち並ぶ街の一角。商業で栄えるフォ＝レナーゼでは、毎年この季節に商売繁盛を希う式典が執り行われる。

この日は天気に恵まれ、春の陽気が心地よい最高の一日となるはずだったのに――

「おい、シェリルちゃんがいないったぁどういうことだ？」

「え？　今年〈結び〉の魔法はないの？　商売繁盛、大丈夫？」

「いやいやいや、アルメニオ。それはない。女神の祝福なしに俺たちに航海しろってか」

「今からでも遅くない。日程を組み直して、シェリル嬢の参加を」

娘の不在にひとこと言わなきゃ気が済まんと、有象無象たちが目を吊り上げて好き放題主張してくるのだ。

はあ、とシェリルの父である私、ジェレム・アルメニオはため息をついた。

この国で――いや、世界でも唯一と言える〈結び〉の魔法使いとして、シェリルはこれまでも、ウチの事業だけでなく、国やギルドの式典や祭典にはことごとく参加してきた。

彼女は利益や幸運が繋がりますようにと、おまじないにも似た〈結び〉を施す。

それは気休め程度のものだったけれど、シェリルが魔法をかけるようになってからというもの、この国の運気は妙によい方向に傾くようになった。

九年と少しの間だが、大きな事件も、自然災害もなく、皆のびのびと商売に勤しんでいる。

シェリルは普段、アルメニオ商会の大きな取引の際にも〈結び〉を施すが、その取引が拗れたことなどただの一度もない。これも非常に評価されている。

商人という生き物は慎重だ。リスクは小さく利益は大きく。かけるだけでなんのデメリットもないシェリルの魔法は、意外に多くの商人たちに受け入れられた。

そして、一度その効果を体験した者は、不思議と彼女の魔法がないと不安を感じるようになる。

つまり、シェリルはこの街の商人たちの、成功体験の一部になっている。だからこそ、大きな式典には必ず〈結び〉の魔法を！　と依頼が来るのだ。

それにしても、この連中ときたらぎゃあぎゃあと実に、うるさい。

（私だって……私だって！　連れてこられるものなら連れてきたさ！　あの子を隣に座らせて、鼓笛隊の行進や昼間の花火を楽しみたかったさ！）

でも、運命の男を見つけちゃったものは仕方ない。

人生で唯一と言える人が奴隷堕ちしていて、平気なアルメニオの者なんていない。

一刻を争う状況で、娘を自国に縛りつけることなど……縛りつけることなど……っ！

（うっうっ、エマがうるさく言わなきゃ、絶対。ぜーったい！　外には出さなかったのにぃ！）

それでも、飛び出しちゃったものはしょうがない。

アルメニオ家特製の通信の魔道具を使って、一方通行の手紙が届くこともある。けれどそれもシェリルの魔力を媒体にしているから、毎日というわけではない。

ちなみに先日、とうとうシェリルはあの男を保護したらしく、手紙に書かれているのはレオルドレオルドレオルド……お父さまへの関心なんて、時候の挨拶くらいでしか触れてくれていないじゃないかっ。

……もちろん、シェリルがあの男を迎えに行くのを認めることは、あの子が小さかった頃からの約束だ。認めないわけにはいかない。

『わたしが大人になる前に、あの人が結婚しちゃったらどうしよう！』

それがあの子の口癖だった。

レオルドとかいうあの男の素行については、いい噂は聞かなかった。乱暴で、女癖の悪い男だとそればかり。だが、下町の人間には人気があったのだとか。

だから、あの男の結婚を心配していたようだが……もう何年前になるだろう。彼が奴隷堕ちしたと風の噂で聞いたときのあの子は、見ていられなかったな。

よりにもよって難しい男を選んだものだと、父親ながらに不安に思った。

（というより！　女にだらしない男なんて！　お父さまは許さんぞ！　もし、シェリルを泣かせてみろ。その日には……！）

奴隷堕ちよりひどい目にあわせてやる、と意気込んで、そっと息を吐く。

……はあ。この複雑な心中を推し量ってくれる者などいないのだ、どうせ。

目に入れても痛くないあの子に当たり前の幸せを与えてやりたくて、少し過保護にしすぎたのは認める。認めるけれども、私だって悩んだのだ。――あの子を魔法使いとして育てるか、否か。

もしあの子が男児に生まれていたならば、迷わず前者を選んだだろう。

でも、女の魔法使いに向けられる世間一般からの畏怖と侮蔑の混じった目を、あの子に向けさせたくはなかった。

それなのに！　あの男、〈赤獅子〉レオルド・ヘルゲンは、悩んだ末の我が家の教育方針をいとも簡単に覆し、その結果、あの子は――

（――こんなにも、皆に愛される女魔法使いになった）

親の不安など全部吹き飛ばし、明るく、朗らかに、人々に笑顔をもたらす子に育ってくれた。

（許すまじ許すまじ許すまじ、レオルド・ヘルゲン！）

これでうちのシェリルを袖にしてみろ。その日には、貴様を縛りつけて海のモンスターの餌にしてくれるっ！

……という憤怒の気持ちを抑えながら、それでも私は街の者たちをたしなめなければいけない。

ついでに、私の表現しきれない切なさも感染してしまえと思いながら、彼らに告げる。

「シェリルはな……アルメニオの血のままに、旅立ってしまったよ。婿殿を連れてくると言ってな」

「……」

人々の声が静止して、汽笛の音だけが響き渡る。

え、と、誰かが漏らした。

そして再びの沈黙。ゆる、ゆる、ゆる、と、人々の表情に驚きが表れる。

「つえええええええ――――ッ!?」

目の前の野郎どもは皆、大店の旦那なのだがな。

どいつもこいつも、跡取りの嫁にとシェリルを狙っていたから、この反応は無理もない。見てみろ。揃いも揃って大騒ぎだ。

「――いやあ。やはり、大騒ぎになっていたか」

丁度そのとき、くつくつと笑いながら一人の男が声をかけてきた。

落ち着いたその声に、皆、ハッとそちらを向く。

「頭領、どうしてこちらに」

頭領と呼ばれる人物はこの国ではひとり。

その身分を有する割には私よりも年若く、四十なかばの長身の男だ。

彼は柔和な笑みを浮かべたまま、私に言う。

「シェリル嬢にはわざわざ謝罪の手紙をいただいたからね。事情が事情だ。大の男たちが、年若い娘の自由を奪って自分たちのわがままを叶えようとするのは感心しない」

もっともすぎる正論を突きつけられ、場の男たちはうっと言葉に詰まった。

目の前の男――フォ＝レナーゼの頭領ジョージ・スピアラーは、勝手に置いてある椅子に腰かけてから、バチンとウインクしてきた。

男にウインクされてもちっとも嬉しくはないが、この男の存在で、皆が落ち着いたことは事実だ。

「このたびはシェリルのわがままに寛大な心を、感謝する」

「なに。シェリル嬢にいつもわがままを言っているのはこちらだ。彼女の人気でアルメニオの株が上がっているから、次期頭領戦もどうなるかわからんしな。彼女は仕事をしすぎだ。たまには、休んでもらわないと」

「私はそんな面倒な役職、まっぴらごめんだよ」

「……と思った。だから私も、堂々とシェリル嬢の力を借りられるんだよ」

余裕たっぷりな様子が鼻につく。だが、有能な男だ。

フォ＝レナーゼの頭領には特別大きな権限があるわけではない。フォ＝レナーゼという国家自体が一大ギルドのようなものなので、いわば、彼はギルド長のような役目だ。

すなわち、他国からの苦情処理係。適当に相手を言いくるめたり、怒りの矛先を別の方向に差し向けたりするのが得意なこの男にはピッタリの役職だ。

「それで？　シェリル嬢に勝算はどれくらいあるんだい？」

スピアラーが言うなり、みんながずいっと顔を前に出してくる。

「頭領は、シェリルちゃんの相手を知っているんですかい？」

「ああ、もちろん。それも手紙に書いてくれていたからね。真っ先に私を押さえておくとは、さすがアルメニオの娘だ。ちゃっかりしている」

「……国際問題になるかもとは、思っているのだろうね。それでも躊躇せず飛び出すあたり、ウチの娘だよ」

私が肩をすくめると、スピアラーは目を細めて、フフフ、と笑う。

ああ、この男、安穏とした日々にちょっとしたスパイスを楽しむ感覚でこの状況を見ているな。

こっちの気も知らないでと、私は内心でため息をつく。

デガンの王家に仕えた元騎士で、魔法使いで、さらに英雄でありながら奴隷堕ちさせられた男。

それを勝手につれて帰ってきて、デガン王国側が何も言ってこないはずがない。

（本当に、面倒な男を好きになったものだ）

だが悔しいことに、あの男に出会って、シェリルははっきりと生き方を変えた。それも、きっと、いい方向に。ならば、それを助けてやるのも父親の役割なのだろう。

「おそらく、順調にいけばそろそろ件（くだん）の街を出る頃だろう。それで、スピアラー。……いや、頭領。少し、相談があるのだが」

どうあっても、娘の幸せを優先してしまう。本当に、父親なんて、単純な生き物だよ。

第二章　拝啓お父さま　元英雄騎士に急（せ）かされています

――拝啓お父さま
船と海に祈りを捧げる季節となりましたが、その後いかがでしょう？
シェリルは今、ロードロウの街までやってきています。
そう、わたしたちもこれから船旅になる予定なのです！
……ですが、お父さま。ロードロウは今、いろいろ変化が起こっているようでして……

「正式な旅券(パスポート)が必要？　仮証書じゃだめなの？」

「申し訳ございません。現在、警備強化中でございまして」

「こんな急なことってある？　告知も何もなかったじゃない」

「申し訳ありません。わたくしどものところにも、先日、通達がきたばかりでして……」

わたしと港の係員は、お互い顔を見合わせて困惑した。

レオルドと出会ったハルフラットの街を出てすでに十日。わたしたちはフォ＝レナーゼへ向かってゆったりとした行程を進めていた。

レオルドが見つかるといけないからさ、デガン王国の都は迂回(うかい)することにしたんだよね。結果、一度南へ向かって、それから海路で西に進むのが一番早くて確実かなと思ったんだけど……

「デガンはよくも悪くもズボラな国だし、仮証書でよかったはずなんだけど」

乗る予定だった船はデガン王国内を繋ぐものでしかないため、本来ならば仮証書で十分なはず。

仮証書はそれぞれの街ごとに発行されているから、レオルドの存在が国の中枢(ちゅうすう)に知られることもない。だからこそ、この行路を選んだというのに。

困惑しているのはわたしたちだけではないらしく、船の発券所には人々が殺到して、係の人たちも対応に追われている。

「はぁ。このままここにいても埒(らち)があかないか。役所のほうにも向かってみましょ？　せめて仮証書が使えない理由だけでも聞かないと」

「私どもが行って参りましょうか、お嬢さま」

「この街は比較的都とも近いですし……その男の顔を知っている者もいるかもしれませんからね」

アンナとキースはそう言い、わたしの頭の少し上に視線を向ける。

彼らに見つめられたレオルドはというと、居心地の悪そうな顔を見せた。

「……悪かったな。オレのせいでよ」

「なわけないでしょ。こんなの誰にも予想できないし、そもそも、一般人で正式な旅券を持っている人間が何人いるっていうのよ。こんなことされちゃ、デガンの人だって商売あがったりよ」

レオルドの腕のなかでわたしは肩をすくめる。

顔の距離が近いから、彼の表情の変化がよくわかった。普段、遠慮なんて言葉をこれっぽっちも知らない彼が、この日ばかりはとても申し訳なさそうにしている。

「ほら、その分今日はたくさん歩いてもらわなきゃ。役所に行きましょう。もちろん、みんなで」

わたしがぺしぺし彼の腕を叩くと、彼はよいしょとわたしを抱え直して進行方向を変える。そうしてわたしたちは、船の発券場をいったん後にすることにした。

街を歩いていると、道ゆく人たちがわたしたちの様子を見ては目を逸らしていく。

身長が高く、厳つい顔の男が、年の離れた娘を抱きかかえながら街を歩いている。それだけで人々の目には十分異様に映るらしく、二度見してはなかったことにされてるみたい。

でも、船旅の準備でこの街に滞在した二日の間に、そんな好奇の目にもすっかり慣れた。

普通に腕を組んで歩いているだけじゃ、レオルド曰く「距離が足りない、面積が足りない」状態らしくて、気がつけば抱き上げられているのが当たり前になってたんだよね。

さすがにずっとこれじゃ、違和感があるからね。普段わたしたちは、脚を悪くしたお嬢さまとその従者たち……みたいな設定で押し通している。

本当はレオルドとは恋人同士設定がよかったのに、レオルドってば絶対首を縦に振ってくれないんだもん。……夜はあんなことしてるのにさ。もちろん、衝動を発散させる目的だけだってわかってるんだけど。

わたしたちが役所に着くと、やっぱりまた変な顔をされた。

けれど、わたしの身分証を見せたら納得されてしまう。お金持ちのお嬢さまだから、いろいろ理由があるんですね、みたいにね？

――でもね。状況はなんにも変わらなかった。

仮証書では船には乗れない。いつ元に戻るかは、この街の役所の者でも判断がつかない。むしろ、彼らも困惑しているのだという。

それ以上話し合っても進展はなさそうだったので、わたしたちは諦めて役所を後にした。

こうなると、陸路を行くしか手段がなくなり、さらに進みはゆっくりになる。デガン王国は機関車が走っていないし、相当行程が長くなるけれども仕方がない。

海沿いに歩いて他の街の様子も見るって手もあるんだけど、無駄足になるとつらいしね。

だから、ひとまずこの街にもう一泊してから陸路で西に向かおうって話になって、わたしたちは宿に戻ったのだった。

——昼と夜とは別の顔。

レオルドに慰めてもらうようになってから、わたしは、それを実感し続けている。

「レオルド、はげし、ぃ……っ」

「いつも荒くしろっていうのはアンタだろ？　な？」

ぐちゃぐちゃにナカをかき混ぜられて、わたしは仰け反る。後ろから犯されてびくびくと震える
わたしの背中に、彼は自分の精を遠慮なくまき散らし、喉の奥で笑った。

でも、それも少しの間だけ。わたしが疲れすぎてぐったり倒れ込むと、彼はわたしを抱きとめて、
いつも大きなため息をつくのだ。

「……ん、レオルド……」

「いい。こっち見んな」

後ろから頭をぐいと掴まれる。そんな彼の態度を、このところ少し不安に感じていた。

わたしたちはまだ、〈鎮痛剤〉と〈解熱剤〉の関係でしかない。

今日もわたしは彼のなかに潜った。まだまだ強固な彼を縛る鎖を、少しずつ削り取っている。

そうするたびに夜は彼に慰めてもらうのだけれど、初めてのとき以来、日に日に彼の態度が変わりつつある。——たぶん、きっと、よくない方向に？

まず、必ず後ろから慰められるようになっていた。

彼の顔が見たくて振り返ろうとすると、止められる。わたしの両目を片手で覆って、目を合わさ

ないようにしたまま彼は腰を振る。

もちろん、ナカに挿れられることはない。それはわたしの要望を汲んでくれているからだってことはわかるんだけど――なんでかな。最近すごく彼のため息が多いんだよね。

「またやっちまった……」

なんて言いながら、彼はごしごしとわたしの背中を拭っている。

わたしはまともにしゃべる元気はなくて、彼が綺麗にしてくれているときにぼんやりとすることしかできない。

「オレばっかりだな。ったく……嬢ちゃん、足りたか？　もっとか？」

彼はわたしを抱きしめてくれて、よしよしと背中をさすってくれる。

大丈夫、と声にならない言葉を伝えると、彼はほっとしたようにくしゃりと笑う。そのままわたしを抱きかかえて、眠れと伝えるように、何度も背中をなでてくれた。

優しいんだ。その行動の端々に滲む優しさは、ちゃんと感じているの。

でも、寝そべると彼の胸に顔を押しつけられて、やっぱり目を合わせてくれない。

不安を抱えたまま眠るのが嫌で、わたしは彼に身体を寄せたまま、すきなの、ってつぶやく。聞こえるか聞こえないかくらいの、小さな声でね。

でも、ため息が返ってきたから、きっと届いちゃったんだと思う。

沈黙が流れる。別に何があったわけでもない。けれど、気まずい。

はじめてお互いの身体に触れ合ったあの夜から、わたしは彼の気持ちを掴まえたかった。けど、何かがうまく噛み合ってくれない。

　昼間はぽんぽん減らず口ばっかり言い合っているのに……おかしいな。身体が触れ合っているだけで、わたしが心を寄せようとしても、彼は少し気まずそうに逃げてしまう。

「……！」

　そのとき、レオルドの表情が強ばった。

　やっぱり、余計なことを言ってしまった？　と思ったけど、そういうわけでもないらしい。

　彼は素早くシーツを引き寄せて、わたしに巻きつけた。そしてそのままわたしを抱え、クローゼットへ向かう。

「嬢ちゃん、まだ起きていられるか？」

「え？　ん……」

　本当はもう、とろとろとした眠りへと誘われようとしている。

　しっかり眠って、魔力の回復に努めるのもわたしの役目だと自覚しているけれど、レオルドの様子は明らかにおかしい。彼は窓の外に視線を何度も向けながら、慌ててわたしに服を押しつけた。

「外の様子が変だ。何かあったらすぐに出られるように準備しておけ」

「……うん」

　わたしにはさっぱりわからないけど、ようやく目が合った。そのレオルドの瞳は本気だ。

　わたしはこくりと頷いて、彼にひっつきながらも下着を身につけていく。

　ぐしゃぐしゃと頭をなでられたので、上を向く。

彼はふと表情を緩めた。けれども次の瞬間、また鋭(するど)い形相(ぎょうそう)に戻っていて。今のはわたしを安心させるための表情だったのだと理解する。

(優しいとこ、あるんだから)

こんなときにうっかり胸が熱くなってしまうから困る。まったく、レオルドのせいだよ。

心臓の鼓動が速くなるのを感じながら、わたしはてきぱきと服を着る。

レオルドはというと一足早く着替え終わっていて、わたしの支度が終わるなり、ぐいとわたしを片腕で抱き上げた。そのまま部屋の外に出て、アンナとキースに現在の状況を報告する。

彼曰(いわ)く、深夜だというのにそれなりの数の警備の兵たちが外をうろうろし、声をあげているのが聞こえたのだとか。

わたしたちは警戒しながら夜を過ごした。それから、夜明けとともに馬を買い取って、街の外へ出ることにした。

――そしてやはり、レオルドの直感は当たっていたのだ。

「わかってるな、嬢ちゃん！　オレが合図するまで撃(う)つんじゃねェぞ！」

「うん！」

太陽の眩(まぶ)しさと砂埃(すなぼこり)に、わたしは目を細めながら頷いた。

騎乗して、ものすごい勢いで疾走(しっそう)しているため、身体が上下に激しく揺れる。ふと視線を上げると、レオルドの赤い獅子(しし)の鬣(たてがみ)のような髪が風に靡(なび)いていた。

前にはアンナとキース、わたしたちがしんがりだ。

今朝（けさ）のうちに荷物を減らして馬車から馬に切り替えたのは正解だったらしい。馬車だと今頃完全に取り囲まれていただろう。

わたしはレオルドの指示通り、手持ちの小型魔銃に閃光弾を装填（そうてん）して、後ろの様子を見ていた。

数多くの兵たちがわたしたちを追ってこちらへ向かってきている。さすがに慌（あわ）てて調達した馬じゃ彼らの軍馬には勝てないらしく、ジリジリと距離を詰められていた。

「待ちなさい！」

「身分を検（あらた）めるだけだっ！　止まりなさい！」

止まれと言われて止まる馬鹿はいない。どう考えても追ってくる者たちの人数が多すぎる。

それに先頭集団にいる者たちの腕章には、わたしも見覚えがあった。

あれは先ほどまで逗留（とうりゅう）していたロードロウの市兵のものではない。デガン王国軍の正規の紋章だ。

（たかが奴隷ひとりに、普通こんなことしない……わよね。とすると、やっぱり国はレオルドを野放しにしておく気はないんだ）

奴隷にして捨てたつもりなら、もう忘れてくれたらいいのに。そうはいかないものらしい。

「それ以上逃げるようなら攻撃を仕掛けるぞ！　お嬢さん！　悪いことは言わないから――」

「今だ！」

男たちの呼びかけを遮（さえぎ）るようにして、レオルドが叫ぶ。そして彼も、アンナもキースも、合図にあわせて馬の目を両手で覆った。そしてわたしたち自身も目を閉じる。

わたしは意識を集中させ、魔弾に込められたエネルギーを放出した。

「ぐあああああっ!!」

「なんだ!?」

目を閉じているから状況は見えないけれど、おそらく、きっと、成功した。

人々の悲鳴と、馬のいななき。わたしの閃光弾のあまりに強い光に目がやられたのだろう。

「っし！　よくやった！　一気に行くぞ……！」

「ええ！」

わたしたちは頷き合い、馬に脚を緩めさせずに一気に駆け抜ける。一度わたしたちに引き離された兵たちは、もう追いつくことなどできなかった。

——そうして辿り着いたのは、街道から少し逸れたところにある森のなかだった。

日が傾きはじめたうえ、これ以上進むときっと馬を潰してしまう。向こうもまだ本格的に捕らえに来ているわけではなさそうだったし、一旦休んで、明日からの計画を立てることになった。

今、わたしたちは森の少し開けた場所で、腰を下ろして向き合っている。

「で、嬢ちゃん。あと何回くらいで〈解け〉そうだ？」

レオルドは真剣な面持ちで、わたしに問うた。

「えっと……まだかかるよ。多分、十回前後、とか……？」

レオルドが急かすから、もちろん今日も馬上で彼の精神に潜った。でも、レオルドを縛る〈隷属〉魔法の鎖はまだまだ〈解け〉そうにない。

わたしの返答に、レオルドは難しい顔つきで考え込んだままだ。

「十回、か……海路がダメになっちまったから、フォ＝レナーゼまではまだまだかかるだろう？　もう少し、急げねえか？　今日くらいの手合いなら全然問題ないがな。万一、本物の軍隊を出してきやがったら、いくらアンナとキースがそこそこ戦えたところで相手になんねえぞ」

少し焦っているような彼に、わたしも思わずうなる。

「その可能性、ある？」

「本当にそうまでしてオレを捕らえたいっつうなら、アイツらはよっぽどの馬鹿としか言いようがないがな。可能性はなくはない。……もう力のない元奴隷のオレを捕まえたところで、なんにもならねえだろうによ」

「……うん……」

「だが、アイツらは現役時代のオレを知っている。要注意人物だと散々言われてきたんだ。奴隷にまで堕として取り込んでぐるぐるに捕らえて笑い者にしていたところに、急にオレが檻から出されたと知ったら――放置しては、くれないかもしれねえ」

「……」

「この国はそもそも魔法使いが少ない。だからオレを御そうとしたが、できなかった。そのうえ、殺すことも惜しんでな。飼い殺し以下にして放置したくせに今さら……ハハッ、遅ェよ」

わたしが黙り込むと、彼は眉根を寄せ、自嘲するかのように笑みをこぼす。

わたしは、レオルドをよく知っている。……とてもよく知っているつもりだった。

自由で、奔放で、自我を曲げない。大胆で、不敵に笑う、下町の英雄。――その実、ただただ欲望に忠実な、ロクデナシだけど。

でも、今の彼の表情には、後悔とも、諦めともつかない色が滲んでいた。

「とにかくだ。ヤツらが本格的に動く前に、オレも魔力を取り戻しておきたい。いつまでも嬢ちゃんにくっついてるわけにもいかねえしな」

「レオルド……」

思っていたよりもか弱い声が出た。レオルドは少し気まずそうにしながら、わたしの頭をなでる。

「……そんな顔をするなよな。嬢ちゃんが許してくれるなら、フォ＝レナーゼまでは一緒に行くさ。そのほうが、互いにとって都合がいいだろ」

「うん……」

「そのあとのことは……さて、どうするかな」

なんて、彼は意地悪に笑う。

そう。わたしたちは今、期間限定でくっついているだけ。これはわたしと彼の勝負で、離れるまでに、わたしは彼の心を傾けたい。

それなのに、時間は、残酷だ。状況が、早く早くと急かしてくる。

本当なら、もっとじっくり彼と話して、わたしのことをゆっくり知っていってほしかったのに。

「ひとまず、魔法を〈解く〉ことを頑張るよ」

「そうしてくれ。それも無理そうなら、オレは置いていくといい」

そんなことを急に言うものだから、わたしも、キースたちだって驚きで両目を見開いた。

殊勝な、と言うと聞こえはいい。けれども、まさかレオルドの口から自己犠牲の言葉が出てくるとは思わなくて、咄嗟に反応できなかった。――でも。

「レオルド、それはないよ。絶対ない」

断言できる。どんな状況になっても、わたしがその選択肢を選ぶことはありえない。

「馬鹿にしないでくれる？」

「はぁ……ほんと、嬢ちゃんは頑固だな」

「別に。頑固とか、頑固じゃないとか、そういう問題じゃない。わたしがあなたを見捨てる？　ありえない」

表情を動かさずに言い募るわたしに、レオルドはわざとらしく肩をすくめた。

「へえへえ。わかったよ。そう怒るなって。こっちも冗談みたいなモンだよ」

「冗談でもそんなこと言わないで」

「……ったく、やっぱ頑固じゃねえかよ」

自嘲気味に笑ってから、彼はわたしたちに向き直る。

「んじゃあ、これからのことだけどよ。オレっつうお荷物を抱えて西に行くなら、あとは陸路をとるしかなくなっちまったわけだ」

「そうだね。極力大きな街は避けて、遠回りして帰りましょうか。都の兵も、どこまで張っているかわからないし」

わたしたちは、今後のことを話し合う。物資の調達方法と、これからの進路。あとは、わたしから一方的に連絡できる通信の魔道具で、実家から迎えを寄越してもらう計画を立てた。

お父さまだったらきっと、どうにかして手を貸してくれると思うんだ。

それに、フォ＝レナーゼまで辿り着けなくても、デガン王国の西にある大都市イーサムには、アルメニオ商会の支店がある。せめてそこまで行けば、きっとどうにかなると思いたい。

そう結論づけて、わたしたちは明日に向けて休むことにする。……はずだったんだけどね。

「んじゃ、夜が明けたら早速移動だな」

なんて言いながら、レオルドがわたしを抱きしめたまま立ち上がった。

何を、と言ったキースを手で止めて、レオルドはひとことだけ残す。

「おっと。ついてくんなよ。ちょっくらオレの役目を果たしてくるだけだ。——嬢ちゃんも、アンタらに見られたくないはずだからよ」

わたしのお腹にはがっちりと彼の腕が巻きついていて、問答無用（もんどうむよう）で連れ去られる。

彼は夜目がきくのか、すっかり暗くなった森のなかでも迷うことなく奥へと進んでいった。

ずんずんと歩いた先、適当な場所で木の幹を背に、身体を押さえつけられる。

月明かりが差し込む木の下で、彼は光を遮断するようにわたしに覆い被さって顔を近づけた。

「十日だ」

「え？」

「本気で、十日で終わらせるぞ。だから、今は我慢しろ」

「十日……」

具体的に日数を示されて、あらためて絶望する。

あと、十日。それだけしか、わたしたちはくっついていられない。

今まで漠然と抱えていた不安が一気に噴出して、目の前が真っ暗になる。

――待って？　ちょっと待ってほしい。

まだまだ時間はあるって思ってた。

けれどわたしとレオルドの関係は、初日の、あの夜から変わっていない。絶対彼に好きになってもらうって啖呵(たんか)を切ったはずなのに、わたしはまだ、何もできていない。

（わたしがもし、あえて少しずつしか魔法を解かなければ。もっと長い間、彼と――）

と考えて、首を横に振る。

（とんだ卑怯者だ）

何を考えているんだ、こんなときに。情けなくて泣きたくなる。

頭を抱えて彼に顔を見せないようにしていると、急に手首を掴まれた。

「どうした？　難しいか？」

「う……うう、ん」

「なんだ？　いつもの勢いはどうした」

「もう！　そうじゃなくて！」

顔を逸(そ)らしつつ反抗するわたしを見て、レオルドは面白そうに喉(のど)を鳴らした。

「くくっ、オレと離れるのが寂しいってか？　――まさかな」

「そうに決まってるじゃない！」

ずばりと言い当てられて、わたしは白状する。

「レオルドの馬鹿。デリカシーない。何もわかってくれない」

ついつい恨み節まで出てしまう。何これ、わたし、とっても格好悪い。

「ずっと……好きだって、言ってるでしょ。離れるのが不安で、寂しくないわけないじゃない」

しかも、わたしが彼の〈隷属〉魔法を解除したときが、別れになるのだ。自分から離れるきっかけを作ることが、寂しくないはずがないのに。

わたしを見下ろしながら、レオルドも呆れたように肩をすくめた。

「あのなあ……オレはロクデナシだって。もう、アンタにも十分わかったろ？　それでもオレといたいとか、どんだけ酔狂なんだよ」

「……」

「所詮、金持ちの道楽だろ？　やめとけ。オレを選んだところで、ろくな結果にはなんねえぞ？」

「そんなこと、ない」

「もともと奴隷。奴隷に堕ちるまでもしがらみだらけだし、好き放題やってたどうしようもねえ野郎だ。今だって、〈解熱剤〉とか言いながら、結局オレは嬢ちゃんで性欲処理してるだけじゃねえか。魔法だって使えない、てんでいいところがねえクソ野郎だろ、こんなの。アンタにそこまで入れ込まれる理由が、オレにはちっともわかんねんだ。悪ィな」

バッサリと切り捨てられて、わたしは唇を噛んだ。彼はそんなわたしを気にせず話し続ける。

「アンタには感謝しているよ。この身さえ自由になりゃあ、ちゃんと恩も返せるとは思うけどな。でも、客観的に見ても、今すぐオレを捨てるべきだと思うぜ？」

「いやだ。絶対見捨てないって、さっき伝えたばかりよ」

「だがなあ。もしかしたらこれから、もっと厄介事が転がり込んでくるかもしれねえ。それを、アンタんとこの家訓だかなんだか知らねえが、酔狂な理由で抱え込んで——親御さんのところに帰れなくなったらどうする？　いいところのオジョーサマなんだろ？　付き人をふたりも抱えてさ。いくら護衛だっつっても、アイツらまで必要のない危険に晒すのは、主人としていいのかよ？」

彼の言っていることは正しいのだと思う。

だけど、わたしは単純に彼の言葉をのみ込みたくはなかった。

だからわたしは、ちゃんと伝えなきゃいけないんだ。

「いいなって、思ったの」

九年前の。はじめて彼と出会ったときの、幼かったあの頃の気持ちじゃない。

今の、わたしの気持ちだ。

「今だって、思ってる。あなたのそういうところが、とてもいいなって、思うの」

「……どういうことだ？」

「あなたはいつも、わたしに、新しい考え方をくれる」

空には月。彼を背中から照らして、表情を影で覆う。それでも、彼の赤い目が、わたしを射貫くように見つめているのはわかった。

肩を縫いつけるように、両手で後ろの木に押しつけられる。その手には少し痛いくらいに力が込められていた。

身体が震える。わたしの言葉で伝わらなければどうすればいい？

あと十日だと彼は言った。その期間で本当に彼を射止められる？

でも、怖がっていても何もならない。だから、ちゃんと伝えなきゃいけない。

過去の思い出を茶化されるのが怖くて、伝えてこなかったわたしが悪いんだ。

（そうだ。わたし。全然レオルドのこと信用していなかった）

恋に恋して。好きだ好きだってうわべの言葉だけ伝えるけれど、心の奥に秘めている本音を否定されるのが怖かった。

（馬鹿。わたし、本当に、どうしようもない馬鹿だ）

箱入り娘の夢見る夢子ちゃんって言われても否定できない。

レオルドに対して、なんて失礼なことをしてきたのだろうか。

「わたしが頑固だって、馬鹿だって言ってくれて、わたし、今、ようやく気がつけたの。あなたの言うとおり。わたしは頭が固くて、どうしようもない。……あのね。昔、あなたに助けてもらったとき。あなたがくれた言葉があるの」

わたしはぽつぽつと話しはじめる。彼と出会えて、自分がどれほど変われたのかということを。

「昔ね――九年前。家族でこの国に来たとき、いろんなものが珍しくってさ。ひとりでふらふらしてたらはぐれちゃって、迷子になったの。知らない場所にたったひとり。不安で魔力が揺らいじゃってね。思わず小さな魔法を放出してしまったのを、人に見られた」

「九年前……」

なるほどと彼は相槌を打つ。そもそもこの国は治安がよくない。身なりのいい子供――しかもそれが魔法使いとくれば、狙ってくれというようなものだ。

わたしは人攫いの組織に捕らえられ、閉じ込められた。かなり厳重に幽閉されていたと思う。わたしは稀に見る優良商品で、彼らはいい買い手を見つけるために走り回っていた。

もちろん、大事な娘がいなくなったのだ。家族も全力で捜してくれていた。

でも、何日もわたしは見つけてもらえなくて。そこに最初に来てくれたのが、レオルドだったのだ。

「――あなたのことが、最初は、とっても怖くてね。ついつい泣いちゃったら、あなたにポカッて殴られちゃった。あなたってば、『助けてほしいなら、オレの邪魔をするな』って怒鳴ってきてね？　十歳の子供によ？　それから、あなたはひと目でわたしが魔法使いだって気付いて、少しでもいいから、できるかぎり援助しろって言ってきた」

「………………」

魔法使いが新しい魔法を覚える方法はふたつ。生まれつき才能を持った性質の魔法を己の内側から引き出すか、誰かの魔法に自分の魔力を乗せて体験するかだ。

レオルドはあのとき、彼の魔法に、わたしの魔力を乗せさせてくれた。

魔銃を渡してきて、使い方を教えてくれた。身体に魔力を通して、身体強化も体験させてくれた。

それは、レオルドの激しい動きから自分の身体を守るためだったのだけど、わたしの世界は大きく広がった。

「『使えるものは使って、ほしいものは掴み取れ。遠慮をしないのが商人の美徳じゃないのか。努力する方向を間違えていないか』って。まともに魔法が使えなかった……ううん、使わないようにしてたわたしの事情を聞いてくれたときにね、あなたが言ってくれたんだよ？」

「オレが……それは……」

彼は愕然とし、何度も瞬いている。肩に置かれた手から彼の震えが伝わってきた。

そんな彼に畳みかけるように、わたしは続ける。

「あのときから、あなたがわたしのヒーローなの」

「買いかぶりだ」

「ううん。違うよ」

わたしは首を横に振る。そして睨みつけるようにして彼と目を合わせた。

「あなたはわたしにはない考え方を持っていて、それは、わたしの生き方を変えるような衝撃的なもので。でも、あなたはそれを覚えていない。……それはね。あなたにとっては、当たり前の、特別な言葉じゃなかったからなんだよ？　そんないつものあなたが、きっとわたしには必要だったの。誰にも媚びず、自由に、欲に忠実に生きる——それはあなたを窮地に陥らせた性質でもあるけれど、今も変わらず、あなたはやっぱりあなただった。痛みと苦しみに縛られて、人によっては人格まで捻じ曲げられそうなほどの苦痛からすぐに立ち直って、わたしと向き合ってくれてる」

「もういい。わかったよ」

彼は視線を逸(そ)らそうとしたけれど、そうはさせない。ぐいっと彼の胸倉を掴んで引き寄せ、無理やりこちらに顔を向けさせる。

「ちっともわかってない！　……わたしがどれほど嬉しかったか。あなたにとっては初対面同然の娘に、しかも奴隷として買い上げてしまったわたしにも、ありのままのあなたでいてくれる。わたしは、心臓がもたないくらい、いつもあなたに翻弄(ほんろう)されていて」

「わかった！　わかったから、やめろ」

「やめない！　たまにはわたしだって翻弄(ほんろう)したい。あなたみたいに強引に振り回したら、あなたはこちらを見てくれる？　言葉にしないとわかってくれないなら、何度でも伝えるよ。わたしは！　あなたが！」

「やめてくれ……!!」

懇願(こんがん)するような大きな声に、ビリビリとわたしの肌が震える。彼の胸倉を掴んでいたはずの両の手首が、がっしりと大きな手に包まれた。

そしてそのまま彼は俯(うつむ)く。眉根を寄せて、目を閉じて。苦しそうにすら見えるその表情ははじめて見せてくれたもので、この薄明かりのなか、わたしは気がついてしまった。

……レオルドの、顔が、赤い気がする。

薄暗くて、月光の当たっている彼の耳でしか判断できないけど。

「えっと……」

「やめろって！」

彼の頬に手を伸ばそうとしたけれど、握り込まれているから動かせない。

しばらくの沈黙。夜の森は虫の鳴き声がうるさいくらいだけど、それよりももっと、ずっと、大きな音がしてるわたしの心臓。ばくばくといっぱい飛び跳ねて、彼の表情に戸惑いながらも、歓喜の声をあげている。

「――レオルド、こっち、見て？」

「見るかよ」

「目、開けてよ？」

「いいだろ、放っておいてくれ！」

「やだ」

「嬢ちゃんこそ、情緒もデリカシーもないんじゃねえのかっ」

「……レオルド、照れてる？」

「うるせえ！　こちとら、そんなこと褒められるのははじめてなんだよっ。クソッ……なんだよオレ、ガキじゃねえのに……っ」

吐き捨てるように言って、彼はガシガシと頭を掻く。落ち着かないのかそわそわしていて、あっちを向いたりこっちを向いたり、忙しい。

「レオルド？」

「っ、見んな」

彼の表情を下からのぞき込もうとしても、ふいっと顔を横に向けてしまう。

わたしたちはしばらくくっついたまま、視線の追いかけっこをして——いよいよ彼は困ったように、大きなため息をついた。

「嬢ちゃん……ほんと、いい性格してるよな」

「ありがと」

「褒めてねえ」

ぐりっと顔を手のひらで掴まれて、前が見えなくなってしまう。

「はぁー、これからヤろうってのに、マジで余計な話聞いちまった」

「少しはわたしのこと、気になった？」

「バーカ。これくらいでコロッといくような単純な感情は持ち合わせてねんだよ、オレは」

「えーっ」

「でもまあ……アンタの気持ちを疑ったのは、悪かったよ」

なんて、不意打ちで言ってくるから本当に困る。

彼は素直じゃないくせに、こうやって、いとも簡単にわたしの調子を乱してくるのだ。

視線を泳がせるわたしに、レオルドはニヤリと笑った。

「アンタの気持ちに免じて、今日はいつもより、よくしてやるよ」

「えっ、ほんとに、ここでする気なの？」

「ここ以外場所がねえだろ。ほら。上は着たままでいいから、さっさと脚開きな」

「っ！　馬鹿！　ほんっとデリカシーない‼」

「そーだよ。でも、そんなオレを？　アンタは好きになったんだろ？」

「〜〜〜〜〜〜っ！」

まったく反論できないけど、なんかちょっと腹が立つ。

抗議の意を示すために彼の胸を叩こうとしたけれど、そのまま抱き込まれた。

本当に、いつも、いつも、彼に翻弄されてばかり。

「ほら。嬢ちゃん」

わざと顔を近づけ、彼は頬を擦りつけてくる。

「覚悟を決めろよ。――しっかりよくしてやっから」

「ちょ、レオルド」

耳元で囁かれ、わたしの顔に熱が集中する。

暗くても彼はわたしの変化に気がついたらしく、ニイイと自嘲気味に笑ったのだった。

＊　＊　＊

ああもう、チクショウ。落ち着かねえ。シェリルのヤツ、ぽやんとした顔しやがって。

こっちは、コイツの顔を見てると、どうも胸がそわそわしやがるってのに。

だからオレは、いつものようにシェリルに後ろを向かせて、顔が見えないようにした。そのまま木の幹に手をつかせ、抵抗できないようにする。

「レオルド……？」

コイツもコイツで、すぐ振り返ろうとしやがるから、こっち見んなと頭を押さえつけた。

「たまには外でヤるのも、悪くねえな」

誤魔化すようにそう吐き捨てて、オレはシェリルのスカートをたくし上げる。

オレのペースに持ち込めば、まあ、こっちのモンだ。オレは自分の気持ちから目を逸らすようにして、シェリルの脚をしつこくなでる。

「物騒なモンは、ちぃと外すぜ？」

太腿に固定されている魔銃を、そのベルトごと取り払い、地面に置く。

「ほら、嬢ちゃん。自分でスカート、持てるな？」

「あ……っ」

「汚したくなけりゃ、そうやってしっかり持ってろ。オレの手はアンタのここを可愛がってやらねえといけねェからよ」

シェリルはオレに言われるがままに、スカートを押さえつつ、羞恥に震えていた。

(あー……やべ、可愛い。たまには着たままもイイよな。――って、だから、オレは)

このまま挿れたくなっちまうが、もちろん我慢だ。

オレはクズだからな。シェリルのあの告白を聞いても、自分のことばかりだ。胸の奥に燻ってる何かを見ないフリしながら、雑に犯してやることしかできねえ。

慣れた手つきでシェリルの下着の紐（ひも）を解（ほど）くと、それが落ちて足首に引っかかる。

こんなに雑に扱っても、コイツは嫌がるどころか、もっと可愛い反応を見せやがる。

シェリルがはぁ、と甘い吐息を漏らすのを、オレは聞き逃さなかった。つい表情をのぞき込みたくなってしまうが、どうにか踏みとどまる。

（って、だから。表情、見るな、オレ）

でないと、すぐにキスをしたくなるからよ。

シェリルの大事な部分に触（ふ）れて、襞を捲（めく）って指をつっこむ。そこはもう愛液で濡れていて、オレは喉（のど）の奥で笑った。

「なんだよ。もう濡れてやがる。――期待してたか？」

「ば、馬鹿っ。そういうこと、言わないでよ」

「なんだ、図星か。くく、簡単にオレの指、挿入（はい）ってくの、わかるか？」

「あ、ぁん……っ」

ったく、いー声出しやがる。

くちゅくちゅとナカをかき混ぜてやったら、シェリルがますます甘い声を漏らす。スカートを握る手も震えてるし――くく、相当気持ちいいんだろうな。

オレはもう一方の手で、シェリルのブラウスのリボンを解（ほど）いて、上からいくつかボタンを外した。

そのまま強引に手を忍ばせ、弾力のある胸を揉みしだく。

「わかるか？　アンタの乳首、もう勃ってやがる」

乳首を転がしながら、わざと意識させるようにオレは話し続ける。

「こんな夜の森で、こんな男に犯されて感じるなんて、とんだオジョーサマだな？」

「だって、それは——」

シェリルはふるふると震える。でも、今日ばかりは折れなかった。

「あなたが。好きな人、だから」

——ああ、まただ。

こうしてまっすぐな気持ちをぶつけられると、オレはどうしたらいいかわからなくなるんだ。

「…………ホントに。馬鹿はテメエだ、クソ」

これ以上は、聞きたくない。いちいち心臓が痛む、この感覚を味わいたくない。

だからオレは、もうシェリルにしゃべらせまいと、クリトリスを爪で弾く。——こうすると、シェリルはすぐにイキやがるからな。

「ひゃあんっ」

オレの思惑通り、シェリルは軽くイッちまったらしい。

でも、これだけじゃ終わらせねえ。膝から崩れ落ちそうになったコイツを掴まえ、容赦なく嬲る。

「あ、あぁぁ、れお、そこ、だめ……っ」

「だめじゃねえだろ。嬢ちゃんのアソコ、もうぐちょぐちょで、ひくひくしてやがる。こんな外でよ？　たいした好き者だな？」

「ぁ、ぁん。だって、そこ……っ」

わかってるよ。感じすぎて、ヤベエんだろ？

「もっと啼いていいぜ？　……つっても、向こうにいるキースたちに聞こえるかもしれねえがな？」

「やっ……！　ん、んん……っ」

ま、かなり離れてるから大丈夫だろうがな。

それでも、今の嬢ちゃんには十分響いたらしい。ナカがきゅって締まって、緊張で身体が震えてる。ああ、クソ、マジで挿れたくなるな。

もちろんオレは、シェリルに対してだけは、そんな度胸もねえ小心者なんだけどよ。

（――いつものように紛らわせるか）

ため息をつきたい気持ちになりながら、オレはズボンの前をくつろげた。

ガッチガチで痛えくらいに猛った自身をシェリルの股に挟む。

「ほら、脚、閉じろ。――そうだ、わかってるじゃねえか。しっかり挟んでろよ？」

シェリルの息が上がる。もう慣れたように、シェリルはぎゅっと脚を閉じた。

最後まではしねえ。それは互いにわかっているが、それでも、期待しちまうんだよな？

ばつっ、ばつっと、素股のままコイツを犯す。片手で胸を堪能させてもらいながら、もう片方の腕で腰を固定して。快楽を逃がしてなんかやらねえ。

コイツから逃げたい。距離を保ちたい。そんな気持ちもあるのに、こうして犯していると、ぜってえ逃がしてやらねえって矛盾した気持ちばかり膨れやがる。

「きもちーか？」

耳元で囁きかけると、シェリルは素直にこくこく頷いてよ。

……オレは、そんなコイツの反応に、満足しちまうんだ。

「そっか。じゃ、好きなだけイけ。……な？」

そう言って何度も何度も腰を打ちつけ、よがらせる。

シェリルも可愛い嬌声をあげながら、強すぎる快感にずっと耐えて、震えて。

そうして、意識トバしちまうくらいに何度も何度もぐちゃぐちゃにして。オレはオレで楽しませてもらってたらよ。——耐えきれなくなっちまったんだろうな。

やがて、シェリルはオレの腕のなかでぐったりして、そのまま眠りに落ちてしまった。

「すき……」

一番聞きたくなかった言葉を残して、な。

「……」

オレは気を失うように寝入ってしまったシェリルを抱きかかえたまま、動けなかった。

（……クソ、なんてザマだ）

はあああ、と、ため息しか出てこない。

自分のクズさに呆れちまう。外でってだけでもコイツにゃ負担だろうに、こんなにめちゃくちゃに不気味な夜の森で犯されてよ。

箱入り娘のお嬢さまだっていうのに、まったく、お可哀想なことだ。

オレが急かさなければこんなところでヤらなくてよかったし、そもそも、オレを助けなけりゃこんなことにもなっていなかった。

(だが、やっぱコイツは……)

手拭いで身体を拭ってやりながら、コイツが話していた過去のことを思い出す。

(似てる。あまりにも似すぎてる、よな)

具体的に何を話したのか、はっきりと覚えているわけじゃねえ。なのにおぼろげに、あの黒髪のガキの姿がよぎっちまったんだ。

大泣きしてたはずのあのガキを抱えて魔法で跳躍したら、その黒い大きな目をキラキラ輝かせて喜びやがった。豊かな黒髪は艶やかで、オレのなかの〈隷属〉魔法使いのイメージとは全然違った。あどけない様子に戸惑わなかったかというと嘘になる。

ころころ変わる豊かな表情に浮かぶ、あのそばかす――ああ、そうだ。そばかすだ。

「……」

シェリルの思い出と、黒髪のガキの思い出がダブッて見える。そんなはずないのに。

(そもそも、どうでもいいじゃねえか。あれが誰だったかなんて。思い出して何になる。別に未来が変わるわけでもないのによ)

でもなぜだろうか。過去を振り返るシェリルの目はとてもまっすぐだからか、その思い出がとてもいいもののように感じた。

同じ時間、同じ過去を共有しているのだったら、オレの過去だって捨てたものじゃない――そう思いたいのかもしれない。

（シェリル……アンタ、本当に厄介な女だよ）

ぐっすりと寝入った幸せそうな横顔。その身体はすごく軽くて、オレとはまったく違う生き物なんだって実感する。小さな頭に、少し幼く見える顔つき、そして赤い唇。

ふと、唇が、寂しくなる。

さっきだって――いや、最近ずっと、そうだった。

油断するとすぐにコイツの可愛い唇にキスしたくなって。でもオレは、そんな自分を必死に押しとどめて我慢している。

――ずくり、と胸の奥が痛んだ。

ああ、またこの痛みだ。ヤッてる最中もいちいち感じた、嫌な痛み。

（最悪だ……嘘だろ？　わかってんのか、オレ。溜まりすぎて誰でもよくなっちまってるのか？いやいや、ダメだ。コイツは、ダメだって）

オレはオレ自身がなかなかにクズな自覚はある。享楽主義だし、まあ、自分さえ楽しけりゃ、あとはどうでもいいはずだった。けど――

（コイツを慰めるのは嫌いじゃねえし、ヤッてたら、自分もヤりたくなるし――いや、それはまあ男として当然なんだが、オレが。このオレが、まさか）

はあああ、と、盛大なため息が出てしまう。

だって、こんなガキに翻弄されたことなんか、一度だってねえのに……

（いや）

あったんだったな。過去に一度だけ。

そうだ。あの黒髪の、ちんまいガキにも振り回された。

記憶が一度繋がったら、なぜだかずっとシェリルとダブッて見えてくるあのガキに。

（いや、違う。アレとは別人だ。黒髪は。オレにとって、黒髪は……）

何があっても、愛せない。

〈隷属〉魔法の使い手なんざ、ロクなやつはいねえ。そう思っているからこそ。

でも、なぜだろう。記憶のなかのあの黒髪のガキのことは、けっして悪く思えなかった。同じ魔法使いとして、こんなにまっすぐ育ったシェリルの例もあるからこそ、余計に。

（身体から好きになっちまったって言っても、コイツ絶対納得するわけねえしよ）

と、考えたところで、はたりと思考がストップする。

…………いや、オレ。今。何を考えた？

待て。待て待て、いや、マジで。ない。絶対、ない。ありえない。

だから考えないようにしてたろ？　やめろ、オレの馬鹿。

オレは腕のなかで眠るシェリルの顔を見た。

白い肌、華奢な身体にアンバランスな胸。それから、可愛い顔に幼さを感じさせるそばかす。

大商人の娘のくせに妙に素朴で、でも行動力があって。オレを振り回したかと思えば、少女らしいふわふわした夢を見ている。

（ヤベエ、マジで）

ヤッてる最中でもないのに、可愛く見えてきやがる。

眠ってるコイツの小さな唇に吸いつきたくて、たまらない。正面から突っ込んで、コイツのなかのなかまで支配して、たっぷりよがらせて、コイツのナカで果てたい……

（ウソ、だろ……？）

コイツはオレの気持ちをほしがっている。

けれどもオレは利用するだけ利用して、ついでに適当に身体も楽しませてもらって、〈隷属〉魔法を解いてもらったら即オサラバするつもりだったのに。

（しっかり落とされてんのはオレかよ!? マジかよ!?）

我慢を重ねてぐらついていたところに、本気の気持ちを聞いたら捨てられなくなった。

……いや、違う。そうじゃない。

そもそもオレはずっと前から、コイツのためなら我慢ができていたんだ。

今までそんなこと、一度だってありゃしなかったのに。

だってよ。喰える場所に女がいたら、骨の髄までしゃぶりつくして当然じゃねえか。

なのにコイツだけ。オレのことが好きだと断言するコイツにだけは、手を出せない。

いや、必要に迫られている分には手を出してはいるんだが、すんでのところでちゃんと我慢できてしまっている。

むしろ、シェリルの未来を尊重して？　オレなんかが奪っちゃいけねえって？

ウソだろ。これはなんだ。

そもそも、オレはシェリルの気持ちを疑っていた。どうせ上(うわ)っ面(つら)だけで、ガキがお気に入りのオモチャに執着するのと同じだろうと思っていたのに、全然違った。

馬鹿みたいにストレートに、コイツは気持ちをぶつけてきた。

シェリルの言葉が蘇(よみがえ)る。

可愛い声なのに、どこか凛(りん)としていて。迷っていても、コイツはそれを声色(こわいろ)に乗せない。

思い出すと気恥ずかしくて、感じたことのない感情にのまれて、顔を見られたくなくなって。

(思春期のガキかよ、オレ！　勘弁してくれ……)

一度自覚すると一気に襲ってきやがるこの恐ろしい感情に、オレはおののいた。

いや。だから。オレはコイツに相応(ふさわ)しくないんだって！　もっと他に、お似合いの相手なんかわんさかいるだろうに。

だが、オレのクソみたいな厄介な性質が必要なんだって、コイツは言ってくれた。

性格のいい王子サマとか、御曹司(おんぞうし)とか、そういった野郎じゃなくて、荒々しくて享楽的(きょうらくてき)で適当に生きてるオレが必要なんだって。

(酔狂すぎるだろ)

なのに、ちっとも迷惑とも、ウザいとも感じない。

(かわ、いい)

普通の女よりも少し小さくて、強く抱いたら壊れそうな女。

オレの好みとはかけ離れてるはずなのに、つい、その表情を見たくなってしまう。

（……マズい）

下手すると、また勃っちまいそうだ。

さっき散々啼かせたときにオレだって相当抜かせてもらったつもりだが、まだ、足りねえ。

「……」

だめだ。考えるのはヤメヤメ。

とっとと寝よう。明日からの移動も大変そうだし、それがいい。

オレはシェリルの乱れた服を、しっかりと肌が隠れるようにぴっちり着込ませる。

そのまま担いで元の場所に戻ると、今度はニッコリと微笑む氷点下の目と、あからさまな怒りを滲ませた瞳に睨まれて、オレはうっと仰け反った。

……そうだった。とっとと寝たいのに、コイツには面倒で過保護な付き人がふたりもついているんだったな。

「あらあら、まあまあ」

「寝てんだ。起こすなよ」

「大丈夫ですわよ。お嬢さまは魔力を使った日、一度寝ついたら絶対に起きませんからね」

アンナはそう言って、なんてこともなさそうに一本の太い木の下を指し示す。

オレたちのために場所を空けておいてくれたのだろう。

オレはシェリルを抱えたまま腰かけて、物言いたげなふたりに言葉を投げかけた。

「アンタら、過保護なくせに止めはしないよな。オレはコイツに、結構ヒドいことしてるぜ？」

「まあ。たとえば？」

「……アンタ、ほんとに食えねえな。いいのかよ、大事なオジョーサマが、オレみたいなロクデナシにいいようにされてもよ」

シェリルを抱き込んだまま、オレはわざとらしく聞いてくるアンナを睨みつける。けれどもアンナは動じるどころか、ニイと笑みを濃くした。

「私ね、これでも感謝していますのよ。今まで、私たちが魔力を使用したお嬢さまにしてあげられたことといえば、特別な食事をご用意して差し上げることくらい。キースのような男の使用人に至っては、お嬢さまの副作用が出ている間は迂闊にお世話もして差し上げられない」

そのアンナの言葉に、キースが目を伏せる。

オジョーサマ至上主義なくせに、何もできない自分を一番もどかしく思っているのは、きっとコイツなんだろうな。たまにコイツの視線から、相当な怒りを感じることだってある。

同時に、その悔しさも、十分以上に伝わってきていた。

「私どものお嬢さまは、こうと決められたら頑としてお譲りになりませんから。その食事風景を見るだけで、私たちがどれほどもどかしかったかおわかりになります？」

まあ、そうだろうな。シェリルを可愛がっているコイツらにしちゃあ、拷問にも等しい時間だったのかもしれない。

「アルメニオの人間は、皆、あなたを捜し続けていたのですわよ？　お嬢さまを魔法使いの道へ進ませたどころか、その責任もとらず、姿を消したあなたのことをね」

「つまり？　オレがコイツの生き方を変えたから、責任とれっていうのか？」

「あら。そこまでは申し上げておりませんわ。けれども、あなたを慕っていらしたからこそ、今のお嬢さまはこうなのです。それをちゃんと理解なさって？」

……なかば、脅しだ。だが、アンナの言うこともわかる。

無意識のうちにオレはコイツの人生を変えた。痛いほどそれは理解してしまった。

「あと、お嬢さまは、きっとあなた以外には誰ひとり、身体を許さないと思いますわよ？　それも、自覚なさって？」

やっぱり、脅しじゃねえか。……でも。

(言われなくても、わかってるよ)

怖いくらいに伝わってきた。コイツは絶対、オレから目を逸らさない。オレがどれだけのらりくらりと逃げようとも、オレを追いかけて、オレが必要だって言ってくれる。

本当にそれが、シェリルの人生で唯一の選択ミスだ。オレみたいな最低な男に、コイツは相応しくない。

今からでも遅くない。オレ以外の、もっとお似合いな野郎のところへ行きやがれ。そう思う。

なのにアンナは、シェリルにはオレひとりしかいないと言う。ずっとシェリルを見てきた付き人が、ここまでハッキリと断言する。

キースだってそうだ。オジョーサマが可愛くて可愛くて、目に入れても痛くねえって顔をしてさ。

オレには親の敵かってくらい憎々しげな視線を投げかけてきやがるのに、シェリルの気持ちを尊重して、一歩下がる。この厄介な男がだぞ？

アルメニオの者たちが一丸となって、オレに、シェリルを差し出してくるんだ。

大切で大切で仕方がない、可愛い娘だろうに。よりにもよって、こんなロクデナシに。

「……」

オレはしばらく黙り込んだ。

いきなり手に入った自由と、突然開かれた世界を前にして、掴むことを恐れた。

ただ、シェリルに触れていると、妙に安心するんだ。

痛みがなくなるだけじゃない。きっと、コイツはオレを放り出さないと信じられるから。

（結婚。……結婚、か）

自分には縁のない言葉のように感じていたけれど。

（結婚したら、コイツが手に入るのか）

感じたことのない安らぎが。

絶対に裏切らないと信じさせてくれる存在が。

（ついでに、処女の、女魔法使い……）

仕込み放題じゃねえか。

処女なんかめんどくせえモンだと思っていたが、何度もよがらせてよくわかった。

コイツはきっと、相当、オレと相性がいい。と、ついついそんな下世話なことを考えちまう。

ただ、問題はどうやって伝えるかだ。……と、ここでオレは、自分がその気になっていることに苦笑した。

（好きになったから挿れさせろ？　……いや、ねーな。だったら——コイツに挿れてと言わせるまでよがらせて、ヤッちまったから責任とる、っつうとか？　……いや、クズだな。オレ。稀に見るクズだ……）

　何をやっても格好がつきそうにない。結果、オレは考えるのを放棄した。

（まぁ……おいおいだな。情けねえ）

　ぎゅうとシェリルを抱きしめる。

　コイツはオレの胸に顔を埋めるのが好きらしく、無意識に頬を擦りつけるからたまらない。

（心臓が、痛え。離れてるわけじゃないのに）

　マジかよと途方もない気持ちになりながら、オレはシェリルの頭をなでた。キースが目を吊り上げているのが見えるけれど、そんなこと、気にしねえ。

（はぁ……やられちまったなあ……）

　情けなさすぎる自分に辟易しながら、オレはシェリルの頭をなで続けた。

　ああ、本当に。

　本当に、どうするかなあ……

——拝啓お父さま

火急ですので、用件のみで失礼致します。

わたしたちは今、デガン王国の西の街イーサムへ向かって移動しています。

邪魔が入らなければ五日前後でそちらに辿り着くはずなのですが……

もう、お父さまのお耳にも入りましたか？

「かつての〈赤獅子〉が、アルメニオの至宝〈結び〉の魔法使いを誘拐した」そうですよ？

何がどうして、そのような話になっているのでしょう。

お父さま、わたし、お父さまたちの助けを期待してよいですよね？

追手から逃れて、二日後。わたしたちは馬で長い旅路を進んでいた。

馬上にて、わたしは懐から取り出した一枚のビラを眺めてため息をつく。

（『生死は問わない』……ですって、ねえ？）

えーっと……さすがデガン？　フォ＝レナーゼだとこんなの見たことないよ。

そのビラには、かつての〈赤獅子〉が少し年をとって、悪人面になった似顔絵がデカデカと描かれている。で、さらにそこに莫大な懸賞金と、注意書きが添えられているのだ。

『〈赤獅子〉レオルド・ヘルゲン。商業国家フォ＝レナーゼにおいて、特に優れた商人に与えられる〈銀星商人〉の称号を持つジェレム・アルメニオ氏の次女であり〈結び〉の魔法使いでもあるシェリル嬢を連れ去り逃亡。デガン王国軍はレオルド・ヘルゲンを追うとともに、この娘の保護も目的としている』

へえええ。わたしって、レオルドに攫われてたんだね。知らなかったあ、って一周まわって感心してしまう。

「レオルド、すごいね。これだけのお金があったら、一生豪遊して暮らせるわよ？」

後ろからわたしの腰を片手で引き寄せながら、器用に馬を操るレオルドにそのビラを見せると、彼は面白そうに喉で笑った。

「なんだ？　アンタがオレの首を差し出すってか？」

「ないない。……はぁ。都から距離も離れてきたし、ちょっと落ち着いたと思ったのにね」

すでにわたしたちは海に沿って馬を走らせ続け、デガン王国の西側まではやってきている。けれども、街道を進むわたしの声には張りがない。

レオルド曰く、デガン王国の通信網はたいしたことがないから、街道から少し逸れた小さな村や、王とは派閥の違う地方の領主が治める街だとかは比較的安全だろうとのこと。

それでも、用心するに越したことないじゃない？　だからわたしとレオルドは基本街には入らないで、街へ近づくときは、アンナとキースに交代で物資の調達に行ってもらっていた。

でも、野宿が三日続くと、さすがにお嬢さま暮らししてきたわたしには体力的に無理が出てきた。

しかも、日中はレオルドのなかに潜って、夜もさ……外で、やることやってるわけでしょう？　お風呂にも十分に入れないし、安易に火を使うわけにもいかないから、食事だっていつもとは違うものばかり。元騎士のレオルドや、護衛としての訓練を受けているアンナやキースは平気そうな顔をしているなか、わたしひとりだけが辟易していた。

（まだ三日だよ！　全然余裕。頑張れるし。イーサムへ向かうまでだもん！　なんとかなるはず）

……って空元気上等で思ってたところにね。さっきのビラを、キースが街で見つけて持ち帰ってきてくれたのよね。

（今日こそ……こっそり隠れて宿で休みたいって思ってたのに……）

がっくりと肩を落としたところで、大きな手のひらでガシガシと頭をなでられた。

「あー……ホントに悪かったな、嬢ちゃん」

「いいよ。別にレオルドが悪いってワケじゃないんだしさ。あと数日我慢すればいいんだもん」

「だがなあ」

レオルドも、わたしの疲労をわかってくれてるんだよね。ずっと、馬があまり揺れないように気をつけてくれているしさ。今だって、少し心配そうな表情で、アンナやキースに何かを訴えるように視線を投げかけている。

わたしの頭をなでてくれていた彼の冷たい手は、今はわたしの額や首筋に置かれている。それが心地よくて、もっともっとって掴まえたところで、レオルドはピタリと手を止めた。

彼はぺたぺたぺたとわたしの肌に触れて、わかりやすく大きなため息をつく。

「――おい、今日は宿をとるぞ」

「え」

突然の提案に、並走しているアンナやキースさえも目を丸くする。

「これ以上無理をすると、コイツ、本格的に寝込むことになるぞ。――熱がある。早めに街へ移動して、宿をとろう」

レオルドの提案に、キースもアンナもハッとして、大きく頷いてくれた。

いやいや、だめでしょう、って言ったけれど、三人ともわたしの話は聞いてくれない。

結果、問答無用で街道に出て、しばらく馬を走らせ、わたしたちはとある小さな街の目の前まで辿り着いたのだった。まあ、街とはいっても、周囲は穀倉地帯だから、少し大きめの集落といったほうが正しいかもしれないけれど。

みんな馬から一度降りて、身だしなみを整える。

周囲に誰もいないことを確認して、わたしはまず、自分自身の髪に手をあてる。それから意識を集中させて、根元から毛先までゆっくりなでた。

ぐったりしているわたしを心配するように、レオルドがのぞき込んできたけれど――次の瞬間、彼の表情が変わった。

「……んだ、と？」

彼はこぼれ落ちそうなくらい両目を見開く。

わたしはふっと笑みを返してから、今度は目元に手をあてて、同じように意識を集中させた。少しだけ目の奥がピリ、と熱くなって瞬(まばた)きすると、ますますレオルドは驚きを顕(あら)わにする。

　彼の表情が珍しくて、わたしはふふふと笑った。

「秘密だよ？　えへへ、びっくりした？」

「びっくりしたも、何も。お前の髪と目、色が――」

　ちげえ……。そんな聞こえるか聞こえないかのつぶやきがこぼれ落ちる。

　それ以上、彼の言葉が続くことはなかった。ただ、絶句している。

　突然わたしの淡い色の髪と瞳が、暗い茶色に変わったからね。そんな反応をするのも無理はない。

　そう。わたしがかけたのは、髪と瞳の色彩を変える魔法。幼いときに唯一覚えることを許されたこの魔法は、息をするように簡単に発動させることができる。――自分自身には。

「レオルドも、少しじっとしててね」

　レオルドに抱き込まれたまま、わたしは手を伸ばし、彼の髪に触(ふ)れる。

〈赤獅子(あかじし)〉と呼ばれる由縁にもなった鬣(たてがみ)のような赤銅色(しゃくどういろ)の髪に、自分に魔法をかけるよりも強く、魔力を込める。みるみる色彩が変わっていき、ほっとしたけれど、問題は瞳。

　わたしはレオルドの目に意識を集中させて、一気に色彩を広げた。

「……っ!!」

　瞳の奥に熱が走ったのだろう。彼はわずかに後ろに仰(の)け反り、苦しそうに目を細めた。

　それが終わると、彼は複雑そうな顔をして、前髪を軽く摘まみ、じっくりとその色彩を確認する。

「……嬢ちゃん、これは」

「うん。なんだか少し、マイルドになったね」

「いや、そうじゃなくて、だな」

レオルドはなんだか戸惑っているようだけれど、わたしは魔法の出来栄えに満足した。

一度かけてしまえば、何もしなくても数日はもつ。

わたしは汗びっしょりになった額を拭って、レオルドにもたれかかるようにして力を抜いた。

わたしを抱き込んでいるレオルドは、赤銅色の髪を落ち着いた茶色に、でもって燃えるような赤い瞳を鳶色に変えて、わたしをまっすぐ見下ろしている。

アンナとキースにも、それぞれ赤茶色の髪と琥珀色の瞳にする魔法をかけ、印象を変えてしまった。これで、簡単に見つけられることはないと思う。

わたしが髪や目の色を変えられるってことは極秘中の極秘だからね。黒髪を隠しているってことがバレないように人前では絶対使用しないって決めていたんだけど、状況が状況だから仕方がない。

そのせいで、他人にかけるほうが負担が格段に大きくなることは、アンナも含めて誰も知らない。

自分以外の誰かの色彩を変えることなんて、数えるほどしかなかったからね。

実は、人にはそれぞれ身体を護る膜のようなものがあって、色彩を変えるにはそれを塗り替えないといけないから、大きな魔力が必要になる。

いつも通り簡単にかけているように見せつつ、わたしは内心ぐったりしていた。

(でも、今日は、休める。……だから、大丈夫)

少し無理しちゃったからか、さっきよりも熱が上がっている気がする。

でもこれは多分、体調不良のほうの熱。今、自分の欲が膨らんだとしても、今日はもう性欲になっちゃうほどの元気なんか残っていない。

レオルドは何か言いたそうな目をしていたけれど、フォローする余裕もない。だから、抱きかかえてくれている彼に身体を預けて、目を閉じる。

「これなら、大人しくしてたら正体もバレないと思う。レオルド、あとは、お願いね？」

「――ああ」

複雑そうな色を残して、彼はこくりと頷いた。

＊　＊　＊

たっぷり汗が浮かんだシェリルの額(ひたい)を、オレは見かねて手拭(てぬぐ)いで拭(ぬぐ)ってやる。

ぴっちり着ている服のボタンを上から二つほど外し、ベッドに寝かしつけると、オレもまたその隣に腰を下ろした。

たまたま辿り着いた街に、小さくても宿屋があって助かった。宿屋に到着した頃にはすでに気を失っていたシェリルの顔色を見て、宿屋の主人は慌(あわ)てて部屋を空(あ)けてくれた。

キースやアンナも看病のためにと桶(おけ)に水を汲(く)んできたり、水差しにたっぷりと冷たい飲み水を用意したりと働いてくれた。

で、もうあとは休ませるだけになったところで、オレはアイツらをとっとと追い出した。……つうか、特にキースを、だな。

熱で浮かされるシェリルの姿を、他の野郎なんかに見せるつもりはねえ。

ついでに、この堅苦しい服を着替えさせてやりたいからな。

シェリルの荷物はアンナがまとめて置いてくれているはずだが——と、視線を移動させて、すぐに見つける。それはベッドからそう遠くはない棚の上に置かれていたけれど、ここから手を伸ばして届くものではない。

身体が動いた。

苦しげなコイツを無理に動かしたくはないから、オレひとりで、だ。

「……っ！」

シェリルから離れると、ずしりと身体が重くなる。

同時に襲いくる激痛に、膝から崩れる。けれど、オレはどうにか床に手をつき、それに耐えた。

大丈夫だ。毎日シェリルが、オレのなかに潜って、忌々しいあの魔法を削り取ってくれている。

以前と比べ物にならないほどに痛みは改善され、歩けないほどではない。

「ぐ……っ……」

一歩前に足を踏み出すだけで、足の裏から激痛が走るが、それがどうした。

大した距離じゃない。オレはタフなんだから、これくらい耐えられる。——そう思い、大股でもう一歩足を前に出す。

シェリルの鞄を片手にひっかけて、引き寄せた。そのまま後ろに下がり、どうにかベッドに腰を落とす。……もちろん、シェリルを起こさねえように、精一杯ゆっくり腰かけたつもりだ。

「ってえな、クソ」

ついつい舌打ちしてしまったことは許してほしい。

針の山を歩くような感覚。奴隷時代は魔法で精神が麻痺ってやがったからなんとかなったんだろうが、今の状態だとマジでキツい。シェリルなしなどありえない。

この調子じゃ、やっぱり魔法が完全に解けるまで、コイツから離れるのは難しそうだ。

「……ん」

シェリルが苦しげに、小さく声を漏らした。

赤くて可愛い唇も、今は色彩を失い青ざめている。額に触れるとじっとりと熱いのに、寒さで震えるコイツをそのまま放置することなどできなかった。

「嬢ちゃん、少し身体を起こそうな？」

呼びかけても当然目は覚めず、シェリルはオレのなすがままになっている。

オレは適当にシェリルの荷物を漁って、ネグリジェを取り出した。それから服のボタンをひとつひとつ外して、寝苦しそうなものは剥ぎ取ってしまう。ショーツ一枚にしてから身体を軽く拭き、頭からネグリジェを被せて、腕を通した。

（ったく。オレがこんなに甲斐甲斐しく世話するなんてなあ）

自分で自分が信じられない。

オレもシャツを脱ぎ捨て楽な格好になると、シェリルの上半身を起こしたままベッドに腰かける。

(汗がひどいな)

背中はぐっしょりと濡れているのに対して、唇はカラカラに乾いている。

(水、飲ませたほうがいいんだろうな……)

と、ここでオレは途方に暮れた。

……さて、どう飲ませたものか。ちら、と頭の片隅にある方法がよぎるが、ここでその手段をとっちまうのは、なんというかシェリルに悪い。

(キスもしたことねぇんだろ？　こいつ)

キスひとつにせよ、いろいろ夢を見てるんだろうな、ってことは容易に想像できる。

それに、今はこいつの夢を叶えてやりてえとすら思うようになってしまっている。

——となると、いくら看病だからって、眠っているときに口移しってのはちょっとしづらい気がした。

(いや、もちろん？　他に手段がないってんなら？　仕方ないけどよ？)

……仕方ないよな？　なあ!?

(アンナがグラスを置いてはくれているけれどよ……)

一応試してみるかと、そのグラスに水を注いで、シェリルの口もとへ持っていく。彼女の唇にグラスを押し当て、ゆっくりと傾けた。

(飲めるか？　飲めねえなら……まあ……仕方ねえ……んだろうけど、よ)

飲めないよな？　きっと、シェリルはこぼしてしまう気がする。

そう思いながらそっと透明な液体の行方を見守ると――

「――ん」

こくり。こく、こく。こくり。

(……飲みやがった、だ、と……?)

いや。よかったんだ。めでたしめでたしだ。

こぼさず上手に飲めたじゃないか。これはもう、オレの唇は出番ナシっつーかなんつーか……

(あんだよ期待させやがってよ!)

すげえ腑に落ちねえ。めちゃくちゃ腑に落ちねえ。

シェリルが眠りながらもしっかり水分補給できちまった事実にもガッカリだし、うっかり期待しちまった自分にもガッカリだし。

……いや、喜ぶべきなんだろうがよ! もう、なんだよ。返せよ!

なんかわかんねえが、オレの気持ちを返してほしい!!

「はあああああ………」

ため息くらい許せ。……もういい。ふて寝だふて寝。どうせ今日はもう移動もないだろうしよ。

コイツもしばらく寝こけてるだろうし、いいよな、もう寝ちまっても!

テーブルにグラスを置いて、シェリルを抱き込んで横になる。あんまり強く抱きしめるとコイツが苦しいかもしれねえから、腕枕くらいだがな。

まだ日が沈む前だから、今日は長い一日になりそうだ。オレだって長旅で疲れているから、休めるうちに休んでおこうとは思う。

（だが、時間があると、余計なこと考えちまうなあ……）

ふと、いつもと違う色に染められたシェリルの髪に触れた。

くすんで落ち着いた暗めの茶髪。それはデガン王国では一番ありふれた色彩だ。

少し汗ばんで絡まっているその髪を梳きながら、オレはぼんやりと昔のことを思い出していた。

『……わたしも、魔法が使えたら、あなたの役に立てる？』

コロコロと鈴を転がすような可愛らしい声が脳裏に響く。

『ねえ？　レオルド。わたしが大人になるまで待っていて！　今はまだ、助けてもらってばかりだけど、きっと立派な魔法使いになって、あなたを迎えに行くから！』

なんでだろうなあ。

どうして今さら、ハッキリと、セリフまで思い出しちまうんだろうなあ。

『わたし、絶対あなたのことを幸せにする！　だから、わたしのお婿さんになって！』

にこにこと上機嫌に笑って、艶やかな黒髪を靡かせて。

堂々と宣言したあのガキの笑顔が、完全にコイツと重なっちまった。

（髪を……染められたのか）

もしかして、普段のあの淡い色ですら、本当の色彩ではなかったりするのだろうか。

……おかしいと思ったんだ。

いくらシェリルが優秀な魔法使いだといっても、オレを縛っていたのは〈隷属〉魔法。

オレは魔法の知識が豊富なわけじゃないから、深く疑いもせず、〈隷属〉に対抗できる何か特殊な魔法が使えるのかと感心していたけれども――コイツがそもそも、黒髪の〈隷属〉魔法使いだったのならすべて合点がいく。

そして、痕跡が消えちまった、例の黒髪黒目のガキの行方も。

当時、誘拐事件を解決したことは国にも報告した。デガンのヤツらは当然、その黒髪の娘を確保しようと動きやがったが――オレが先に、その娘を親元に帰しちまってたからな。

いやあ、あとでめちゃくちゃ咎められた。黒髪の魔法使いを取り逃がした！　どうしてくれる！　ってな。あのときは気分がよかったぜ。

だって、あんなガキがデガンの駒にされるとか、あまりに可哀想だろう？　……身なりや言動からも、親に大切に育てられているってわかったしな。

だがな、オレが勝手に逃がしたっつっても、〈隷属〉魔法使いだぜ？　黒髪の娘の情報が、そのあとずっと出てこねえのは不思議に思ってたんだ。

ま、コイツの実家がアルメニオで、もともとシェリルが魔法使いになることすら渋っていたというのなら納得だ。デガン王国の捜索など振り切るだけの財力も実行力も、あの家にはあるのだから。

無事にフォ＝レナーゼに戻ったあと、魔法使いとしては育てられたが、〈隷属〉の魔法使いであることだけは隠し続けていたってことなのだろう、シェリルは。

（〈隷属〉……こいつが〈隷属〉魔法使い……？）

不思議なモンだなと思う。あれほど毛嫌いしていた〈隷属〉魔法のはずなのに、コイツが扱っているのは全然別物な気がするんだ。

（〈結び〉の魔法使いか）

この国に君臨するオスヴィンですら、髪にしか黒き神の祝福は授かっていない。髪だけじゃなく瞳まで黒い魔法使いなど、歴史上でも数人。それすらも、本当かガセかもわからない。

黒き神から全身に祝福を受けた特別な存在。なるほど、シェリルがそうなのかもしれない。

（シェリルの魔法は〈隷属〉なんかじゃくくれねえ）

もっと別の、何か特別な存在だ。

優しくて、あったかくて、その魔法で人を縛ることなんか絶対しない。まるで黒き神の正しい意志をすべて継いでいるのではないかと思うくらいに、コイツが司るのは全然別の魔法だと思える。

他の〈隷属〉魔法使いとは違う。

権力者のもとで人を貶めるために〈隷属〉魔法を使うコイツの姿なんか、てんで想像できねえ。

『わたし、絶対あなたのことを幸せにする！』

……まただ。また、あの声が蘇る。

クソ。なんだこれ、信じちまうじゃねえか。

コイツと一緒にいたら本当に、人生は楽しくて、素晴らしいものなんじゃないかって思わせてくれるような、絶対的な存在。

そうか。シェリルみたいな人間がいるんだなって。

「……マジなんだな……」

声が漏れちまった。

だめだ。降参だ。オレ、本気でコイツの言葉を信じちまってる。

本当に黒髪黒目かどうかすらわからないのに、絶対、コイツだと確信しちまった。

(そうか――オレは、本当に、コイツと同じ思い出を持ってたんだなあ)

しかもその思い出は、蘇るだけで胸の奥が温かくなるような楽しいもので。

無条件で家族のもとへ帰してやったあと、国に報告はしたけれど、あのガキの細かな情報は一切伝えなかった。あんな国のヤツらに、あのガキをくれてやりたくなかったんだ。

めんどくさがりなオレが、頑なにあのガキのことを隠したがったのはなぜだ？　悲惨な未来から護ってやりたいと、ぼんやりとでも思ったのは？

あはははは、と、朗らかな声が心の奥で聞こえてくる。

それは、今のシェリルがオレに向けてくれるものとまったく同じだった。

(オレにも――幸せな過去が、あったんだ、本当に)

ああ、もう、ロクでもない過去しかないと思っていたのに。

楽しかったんだ。あのガキと笑い合ったのが。

今のコイツとも、一緒にいて悩むことももどかしいこともあったけど、やっぱり楽しかった。

オレに物怖じせずにポンポン言い返してくるコイツのことは嫌いじゃねえと思っていたけど――

そうだ。オレ、コイツといるときはいつも、昔も、今も、すげえ楽しかったんだ。

オレはもう一度、シェリルの髪をなでた。

コイツはずっと、髪の色を隠さないとまともに生きてこられなかったのだろう。

身を護るためにあらゆる手段を講じて、そのうえで自由に生きようとしてきた。

そしてコイツの望むものがオレだって言うのなら、オレはコイツが、笑って生きていけるようにするために、精一杯護ってやろうと思えるから不思議だ。

誰かのために生きるなんて、考えたこともなかった。騎士の誓いをしていながら、それはダセぇ生き方だと思って馬鹿にすらしていたけれども、全然違った。

「シェリル。今はゆっくり、休め。そばにいてやっから」

「ん……」

返事をする代わりに身体を寄せてくるコイツを抱きしめて、オレは目を細める。

なんてことだ。胸がこそばゆい。

シェリルの夢に当てられて、オレまで日和っちまったが、悪くねぇ気分だった。

ああ、本当に、完敗だ。

だがまあ、それをコイツにどうやって伝えるかは、少し考えなけりゃな、とも思う。

オレはクソダセェ大人で、シェリルが思い描くような王子サマ的なことは絶対できねぇからな。

だが、コイツをがっかりさせたくもねぇし――と考えて、またくつくつと笑う。

本当に、馬鹿みてぇだ。こいつに振り回されて、どうやって気持ちを伝えるか考えて。あまりに自分が情けない。

だが、今まで感じたことがないくらい、清々しい気分だった。

＊　＊　＊

ぴちちち、と小鳥のさえずりが聞こえた。

もう、何度この腕のなかで目覚めたかわからない。

ただこの日は、わたしはちゃんとネグリジェを身につけていて——いつもよりほんのわずかに彼との距離が遠い。それをぼんやりと感じたからこそ、もっとくっつきたくって彼の胸に擦(す)り寄る。

それに気がついてくれたのか、レオルドもわたしを抱き込んでくれた。そして顔を上げると、彼の赤——ううん、今は鳶色(とびいろ)の瞳と目が合ってふふふと笑う。

「おはよ」

「ん、はよ。——身体は、どうだ？　少しはよくなったか？」

彼は先に起きていたみたいだ。

なんだかずっと見られていた気がして、ぱちぱちと瞬(まばた)きする。すると、彼がとびっきりの優しい顔を見せてくれたから、何が起こったのかますますわからなくなった。

「？　どうした？　まだ、どこかダルいか？　熱はもう下がってる……よな？」

念のためにとレオルドにおでこ同士をごちんとぶつけられて、わたしはますます戸惑(とまど)うことになる。ぺたぺたと頬を触られ、心配そうに顔をのぞき込まれて、どうしたらいいのかわからない。

「えっ……えっと？　レオルド？」

「まだ寝ぼけてるのか？　――いや、少し、熱いな」

「あっ、これは、そういうのじゃなくって。えっ、えっと？　わたし、すっごく寝てた？」

「まあな」

彼の表情が、なんだか今までと変わった気がして、そわそわする。

なんだろう。すごくまっすぐ、わかりやすく心配されて、どうしたらいいのかわからなくなる。

わたしの知ってるレオルドって、いつも斜に構えてて、わたしを馬鹿にするようなことばかり言うからさ。熱で倒れたらこんなに優しいの？　ってどぎまぎしてしまう。

「起きるねっ！　おきっ……ひゃっ！」

少しでも彼から離れたくて起き上がろうとしたところを、ぐいと引かれた。

せっかく離れようとしたのに、わたしはレオルドの胸を枕にするような形になってしまい、しかも腕で固定されてしまって身動きがとれない。

「まだいいよ。寝てろ」

「でも……」

「ちと疲れが出ちまったんだ。少々寝坊したところで状況も変わらねえよ。ほら、休みな」

とても気遣ってくれる彼に、わたしは困惑を隠せない。

「レオルド？　優しい？」

「……なんで疑問形なんだ」

「だって」

「たまにはオレだって心配もするさ」

「……うん」

そのまま優しく頭をなでてくれる。それが心地よくて、わたしは再び目を閉じた。

「夢じゃなきゃ、いいなあ……」

なんて、ぽつりとつぶやいていた。

レオルドが優しくて、わたしのことを心配してくれて、寝坊も許してくれて、ゆっくり頭をなでてくれる。あのレオルドにかぎって、なんの見返りもなくそんなことするはずがない。

だからきっと、これは夢なのだろう。ひと晩高熱に浮かされて、ちょっと頭がおかしくなっちゃったんだ。

「……夢じゃねえよ、シェリル」

「あははっ。やっぱり夢だったね。おやすみなさーい」

まさか名前を呼ばれると思っていなかったから、笑っちゃった。どれだけ都合のいい夢なんだろうね。

寝直して朝ご飯食べて出発だねーって思いながら、レオルドをクッションにした。なんだか頭上からおっきなため息が聞こえたけれど、気にしない。

休めるときに休んで、今日からまたキリキリ動くぞって決意したら、すぐに、深い眠りの海に潜っていっちゃった。そこはさすがわたしだよね。

はあああああ……って、やっぱりもう一回、大きなため息が聞こえた気がしたけどね。

そうして、たっぷり休ませてもらってから、わたしたちは宿を出た。

一応先には進むけれど、大きな街道からも外れているし、今のうちに休んでおくべきだってみんなに諭（さと）されちゃった。だから今日も宿をとらせてもらえることになった。

旅のことはみんなのほうが断然詳しいもの。みんなが大丈夫だって判断するなら、わたしはお言葉に甘えることにする。

そうして予定も決まったことだし、わたしは、いつものように馬上でレオルドに抱え込まれて、ゆっくりと進みはじめた。

しばらくしたところで、急にバサリと薄手の布を頭からかけられる。何事かと目を丸くして振り返ると、レオルドが優しく笑っていた。

「直射日光、キツいだろ？　それでもかぶってろ。次の街についたら帽子でも買ってもらえ。……今まで気がつかねえで悪かったな。最近暑くなってきたし、キツかったろ？」

「う……ありがと」

確かに季節はもう初夏に差しかかろうとしている。

なんだか妙に気恥ずかしくて、わたしはかけられた布をぐいと引っ張った。

おかしい。なんか、いつもと違う。今朝（けさ）の夢の続きを見ているみたい……

レオルドのわかりやすい優しさに慣れてないから、今みたいに気を利かせてもらうと、どうしていいのかわからなくなる。

（……気をつけよう）

やっぱり、昨日倒れたこと、心配させちゃったんだろうな。

普段雑な扱いしかされてなかっただけに、彼がどれだけ動揺したのか理解できてしまう。

〈鎮痛剤〉が動けなくなったら困るもんね）

全然自覚が足りなかったと反省しながら、わたしは謝る。

「レオルド、ごめんね。迷惑かけたね」

そしたら彼はぐしぐしと頭をなでるだけで、特に咎めるようなことは言わなかった。そしてまた心配そうに言葉を紡ぐ。

「座ってるくらいなら、大丈夫か？」

「うん。昨日はサボッちゃったからね。今日は、ちゃんと潜れるよ」

「またアンタは……」

レオルドはため息交じりに言うけれど、わたしは平気だと笑う。

「今日も宿に泊まるんでしょう？　だったら、少しでも潜っておいたほうがのちのち楽かなって」

「……そうだけどよ。無理そうなら、やめとけよ」

「うん」

心配する彼をよそに、わたしはお昼を過ぎてから一度彼のなかに潜った。

幾重にも縛られた〈隷属〉の鎖を、今日もまた削り取る。

本当に、あと少し。寂しいけれど、立ち止まってはいられない。

わたし自身がレオルドを縛りつけるのもいけないんだって、そう思うから。

日が落ちた頃には、わたしたちは無事次の宿に辿り着いた。

そして今、わたしの上には彼が乗っかっている。

わたしを見つめるレオルドの瞳には、複雑な感情が滲(にじ)んでいた。

ちゅくちゅくと、レオルドはわざと水音が鳴るように、意地悪にわたしのナカをかき回している。

「んっ……や、あ……レオルド」

「ん、なんだ？」

「今日、どうしたの……なんだかっ」

「なんだか？」

「いつもより……あっ、ああっ」

きゅっと肉芽をつねられて仰(の)け反った。

レオルドは、はじめてのときと同じように、向かい合ってわたしを愛撫してくる。

一体どういう風の吹き回しなのか不思議に思うけれど、考える余裕すら与えてくれない。

この体勢だと、彼の顔がよく見える。髪を掻き上げ、まるで獅子(しし)の鬣(たてがみ)のように後ろに流して、苦しそうに眉根を寄せているのがとても男らしい。

ふとこちらに視線を寄越す瞬間の壮絶な色気に、今だってドキドキが止まらない。

「アンタはここがいいんだよな？　ほら、もっと可愛がってやる」

「あっ、ああン」

「色っぽい声出しやがって。もう、ぬるぬるだぞ？　そんなにイイか？」

たくさん指で愛撫されると同時に、耳を喰(は)まれて、舌で舐められる。

彼の立てる音が直接わたしのなかに響く。ぬるぬるとした厚い舌は耳の穴に強く押し当てられ、そこからわたしを犯していった。

「あっ……や、それ……やぁ……」

「ん？　顔が火照(ほて)ってきてるぞ？　どうした？」

「声、響いて……っ」

「ん。アンタの声もな？　すげえ色っぽい」

「レオルド……っ」

「耳だけじゃなくて、こっちもな？」

集中しろ、と言わんばかりに、またきゅっと肉芽を摘ままれる。瞬間、びくびくびくっと身体が痺(しび)れ、わたしは嬌声(きょうせい)をあげた。

「ん？　軽くイッちまったか？　ハハ、まだまだだぞ、嬢ちゃん」

「レオルド？　本当に……どうした、の」

「アア？」

「なんだか、今日……まるで」

本当の、恋人みたいって思う。

昼間だっていつもと態度が違ったけど、部屋にふたりになって、彼に触れられてからも何かが違った。胸を捏ねられ、首や胸、そしてお腹——いろんなところにキスが降ってくるのは、はじめて彼に慰めてもらった夜以来だった。

最近はまるで義務だというように、後ろからいじられて終わりだったのに。

彼はわたしで性処理してるって言うから、何も感じないわけではなかったとは思う。けれども、彼との心の距離はすごく遠く感じていた。

だから、こうやって正面から顔を見て、慰められて。それがすごく嬉しくてドキドキするけれど、同時に、途方もなく不安になるんだ。一体どうしてなんだろうって。

「んっ……」

再び身体がびくびくって跳ねて、強く彼にしがみつく。

服を身につけず、全裸で肌を重ね合わせるのは久しぶりで、触れた部分がとても熱く感じた。

「あ……ん……」

ねだるように目を合わせると、今は鳶色の目が細められた。

「すげー目。クソッ……」

彼の息も荒くなっている。お互いの吐息が混じるくらいの距離に、彼の顔がある。

そう思っていると、本当にくっつくくらいすぐ近くに、彼は頭を寄せてきて。わたしは思わず顔を背けた。

それが不満だというように、彼はわたしを攻め立てる指を激しくする。

「ん……っ」

「ほら、こっち向きな。顔を、見せやがれ」

「れ……おっ……」

「おーおー、蕩けそうな顔しやがって」

「どう、してっ」

優しくするの。

わたしの問いに、彼はきゅっと眉根を寄せた。そしてふと、自虐的な笑みを浮かべる。

「キスさせてくれたら教えてやるよ。……嬢ちゃんのここに、だ」

空いたほうの手を頬に滑らせて、彼はぐい、と親指でわたしの唇を拭った。

目が合う。鳶色の奥に、本来の赤い色彩がダブッて見えた。

外はもう暗くなっていて、今は暗い色彩の彼の髪も闇色に融けている。

けれども、薄暗いなかでも彼の欲情がはっきりとわかって、わたしは瞬いた。

「レオ、ルド……」

「だめか？」

「…………っ」

だめじゃない。

思わずそう言ってしまいそうになって、視線を逸らす。

レオルドは本当にひどい人だ。離れたと思ったら急に近づいてきて、わたしを翻弄する。

病み上がりだから優しくしてくれてるのだとしたら、それがどれほど残酷なことかわかっているのだろうか。

「馬鹿……その気がないなら、優しくしないでほしい」

「その気だと言ったら？」

冗談めかしたレオルドの言葉に、わたしは首を横に振る。

「そんなわけない」

「オレを落とすつもりでいたクセに、ずいぶん弱気だな？」

ああ、そうだ。——目を伏せ、頷く。

近づけば近づくほどに、たとえようもないほどに苦しくなるのだ。

捕まえたいのに、心はまったく触れられなくて。離れる時間ばかりが迫って、やっぱりわたしじゃだめなんじゃないかって不安に思う。

「だって、あなたのことが全然わからないんだもの」

だからこうやって急に優しくされて、ますます、彼がわからなくなる。

「シェリル」

名前を、呼ばれた。

パチパチと瞬くと、彼がとても真剣な顔でわたしを見つめていることに気がついた。

「それでも、オレが好きか？」

——どんなに不安に思っていても、その答えには、簡単に辿り着く。

彼の問いかけに、うん、と頷く。

彼の瞳が揺れた。だからもう一度、肯定するために頷く。はっきりと、ちゃんと伝えるために。

「シェリル――」

また、名前を呼ばれた。彼に頬に触れられたまま、もう目が逸らせなくて。

落ちてくる。彼の唇が、わたしの唇に――

「ん……」

あ、意外と薄いんだ、って思った。優しく重ねられるだけの、唇が。

目を閉じて、そっと触れるものの存在を感じる。でもそれは長くは続かなくて、ふっと離れていく感覚に、わたしはゆっくり目を開いた。

また、目が合う。

手を握られた。指を絡ませて、包み込むようにして。

じっと見つめてくる彼の表情が熱っぽい。夢かな、ってふわふわした気持ちのまま、わたしはぼんやりしていた。

もう一度唇が落ちてくる。今度は重ねられる前に、目を閉じた。

ふにっという柔らかい感触が、わたしの唇に伝わる。

さっきはくっついただけだったのに、今度はやわやわと喰むようにして動く。

目を閉じているせいなのか、妙にその感触に敏感になってしまっていて、心臓がばくばくとうるさい。どうしたらいいのか全然わからなくて、彼のなすがままになっていたけれど、やがてちょんちょん、と彼の舌の先っぽが主張をはじめた。

おずおずと唇を開くと、彼の厚い舌がわたしの口内へ入り込んでくる。

ぴり、とまるで痺れるような感覚がする。

それは、わたしの舌と彼の舌が触れ合ったからだと後で理解した。

「ン――」

鼻の奥で声を出し、わたしは震えた。

いつのまにか両手を握り込まれていて、彼の親指がさわさわとわたしの手をなでる。それはとても優しいもので、ゆるり、ゆるりとわたしの緊張が解けていく。

舌同士を触れ合わせる、ねっとりとしたキス。

くちゅ、くちゅと緩急をつけて捏ねられて、わたしは応えるのに必死になった。

歯列をなぞられ、そのまま強く吸われる。じゅ、じゅじゅっ……ってわざと音をたてられて、恥ずかしくてどうにかなりそうだった。

息が苦しくなって、んん、って鼻から声が漏れる。すると彼は少し唇を離して、触れるか触れないかの距離で囁いた。

「鼻で息するんだ。ほら、次はもっと深いぞ？」

「待っ……」

……て。あと一音が、出なかった。

がぶりと喰まれて、今度は最初から舌を入れられる。ねっとりとした動きの厚い舌はわたしのなかを舐めまわす。

はじめての感覚にわたしは翻弄されっぱなしだけど――なんでかな。彼のキスはとても優しくて、ちっとも乱暴じゃなかった。

うっとりするような蕩けるキスに、目が潤む。

なんで？　どうして？　と疑問に思っていると、ようやく彼は唇を離してくれた。そして仕上げと言わんばかりに、ちゅ、と触れるだけのキスを残す。

「れ……れ、れお、るど……？」

「ん？」

なんて甘いのだろう。声色がいつもと全然違う。

夢を見てるみたいで――レオルドの目、とっても優しい。

「あの。わたし、混乱、して……夢じゃ、ないよね？」

「ああ、現実だ」

「どう、して？」

「ん？」

「キスしたら、教えてくれるって、言った……」

「ああ、そうだったな。だが、もう少し――」

と言って、彼はまた、唇に触れる。

「オレがどれだけキスするの我慢してたのか、知らねえだろ？」

「レオ――」

彼はそれきり言葉を紡がずに、わたしの唇を再度奪った。

そのままぐいとわたしの身体を持ち上げて、ぐるりと上下逆転させる。

キスしたままわたしはレオルドの上に乗っかっていて、ぎゅうぎゅう抱きしめられた。

苦しい。――ねえ？　ドキドキして苦しいよ、レオルド。

心臓が跳ねて、どこかに行っちゃいそうだ。

「ホント、夜になるとたんに色っぽくなるな、シェリルは」

「なまえ……」

「ん。一度こう呼んだら、元に戻らなくなっちまったな。……心のなかじゃあ、いつも名前で呼んでたんだがな？」

そう言われて、胸が震える。なんとか声を絞り出した。

「……ずるいよ」

「何がだ？」

「急にこんな……どきどき、するから」

そうか、と言って彼はわたしの顔を胸に押しつける。

力強い鼓動があまりに速く鳴り響いていて、わたしは身じろいだ。

「――まあ、お互い様だ」

「レオ、ルド」

「その気に、なっちまったの、わかるか？」

「……っ」

一気に耳の先まで熱くなる。がばりと顔を上げると可笑しそうに笑うレオルドと目が合った。

「くくくっ、すげえ、顔」

「だって、わたし、何も——」

「アンタが、一番知ってるんじゃねえのか？」

ぐい、と身体を引き上げられる。そして、ごちりとおでこ同士をぶつけられた。

「こういうの、理屈じゃないだろ？」

「レオルド」

「いいなって、思ったんだよ」

「——っ。それ、この間のわたしのセリフ。とらないでっ」

「くっ。くくっ、すぐムキになりやがる。うるさい口はここか？」

そう言って彼は、またたっぷりとキスをくれて。

それは効果てきめんで、わたしはもう、何も言えなくなった。

それからレオルドは、わたしをベッドに横たわらせた。また彼がわたしの上に跨がって、その欲情を隠そうともしない。

気がついているよ？　わたしの腿に押しつけられている、あなたの猛り。熱くて、硬くなってる。

「昨日のこともあるから、あんま、無理はさせたくないんだが」

「うん」

「だがまあ、オレも、限界でだな」

「うん」

頷くわたしに、レオルドは少し気まずそうに続ける。

「これでお預けとか、ちょっと、キツ――いやいや、だめだよな。明日も移動なんだから、無理は」

「ふふっ」

「なんだよ、こっちは真剣に我慢してんだ。笑うなよな」

情けない声が可愛くて、噴き出しちゃった。いつも強引で堂々としているのに、なんだか妙に自信なさげで。

くいって、わたしは彼の手首を引っ張った。彼は抵抗せず、わたしの身体の上に上半身を寄せてきて、見つめ合う。

ちゅ、と、重ねるだけのキスをした。彼の両目が見開かれて、わたしはそんな彼に笑いかける。

「わたしも、我慢、してたよ？」

「嘘つけ。……ホントに？」

「ん。だって、好きなんだもん。ずっと、ずっと、好きだったんだもん。……毎日こんなにも触れ合ってたんだよ？　ほしくならないわけないじゃない」

「シェリル」

次の言葉を迷っているようなレオルドに、わたしは小首をかしげる。

「はしたない子だって、幻滅した？」

「いや――」

雨のようにキスが降ってきて、彼はまた、大きな手のひらをわたしの身体に滑らせる。

胸を捏ねられ、頂きをこりこりとつねられる。

「可愛くて、エロいなんて最高だ――」

そう言った彼の唇もまた下に降りていったかと思うと、鎖骨のあたりがちくりと痛んだ。

「！　……っ」

「ン。シェリル、……っ」

強く吸われるたびに、あちこちにチクリと痛みが走る。わたしの身体中にたくさんキスを落としてようやく顔を上げた彼の表情は、愉悦に浸っていた。

「これで、オレのモンだ――な？　シェリル？」

「レオルド――」

彼は獲物を見るような目でわたしをじっと見て、ニヤリと笑う。

「やっちまったなあ。ま、お前はオレっつうか〈赤獅子〉に？　攫われちまったらしいからしょうがねえか」

「あっ、レオ――」

何も言わせまいとばかりに、彼は再びいやらしく手を動かしはじめる。

「可哀想になあ。だが、自分の見る目のなさが招いたことなんだからな？　諦めな」

「見る目は、あるよ」

たくさん愛撫されて、息が途切れ途切れになるけど、ちゃんと伝える。

「わたしが自分で選んだんだから、最高の選択に決まってる。あなたこそ、わたしのもの……っ。逃がさないん、だから」

「それはこっちのセリフだよ」

いつの間にか彼は、わたしの秘所につぷりと指を挿れて捏ねながら、喉の奥で笑う。

もう何度目かわからないキスをして、お互いくすくす笑いながら、愛し合う。

「もう、たっぷり解してっからな？」

「うん」

「ここまできて、だめとか言わねえよな？」

首を縦に振ると、いい子だ、と彼はわたしにキスを落とす。

レオルドはわたしのナカからこぼれ落ちる愛液をたっぷり掬って、自身のモノに塗りつける。そしてわたしの蜜口に、その猛りを押しあてた。

ぬぷり、と先端をわたしのナカに押し挿れると、彼はくっと苦しそうに息を吐く。

「すげえな、想像してた以上に、狭え……っ」

「んんっ」

「苦しいか？」

レオルドの問いかけに、わたしはふるふると首を横に振る。

苦しいというより、怖い。ずっと浅いところを慰めてもらってきたけれど、その奥はずっと未知の領域だったから。

太い指に慰められて、かき混ぜられていたとき、これがレオルドの太い猛りだったらどうなっちゃうんだろうって、期待して、妄想して、そのまま果ててしまったことが何度もある。

ずっとほしかった痛みが与えられることに対する期待と緊張に、胸が高鳴り、呼吸が浅くなる。

「奥まで挿れるぞ？　ほら、力抜いてろ」

「ぁ……んっ」

「くっ……！」

ぎちぎちと隘路を押しひらきながら、レオルドの猛りがわたしのナカに挿入ってくる。

破瓜の痛みに、わたしは声にならない声をあげて、必死に息をした。

「き、ちぃ……！」

レオルドもまた苦しそうで、眉根を寄せている。ぽた、ぽたと彼の汗が落ちてきて、わたしの汗と混じり合った。

やがて、ずん、と重たい衝撃が走り、思わず仰け反る。

どうやら彼の猛りが、根元まですっかり挿入ったらしい。

「んっ、あ、あ、あ……！」

「おい、大丈夫か、シェリル？」

「んっ。だいじょうぶ。来て……？」

「ああ」

しっかりと繋がったまま、わたしは彼に手を伸ばす。首の後ろに巻きつくように抱きしめると、汗ばんだ彼の額がわたしの額にくっついた。

「すげえな。くっ……シェリル、お前のナカ」

「はっ、はぁ……はっ」

「狭くて、気持ちいい」

「んっ、よかっ……んんっ」

彼のものが進んできた感覚があって、言葉を続けられなくなった。

レオルドはよっぽどキスが好きらしく、隙あらばわたしの唇を喰んでくる。そうして舌を絡めとられているうちに、ゆるゆると彼は腰を前後しはじめた。

「あっ！　レオ、れおっ……ン――」

「ン。あ、ああ、シェリル」

弧を描くようにゆるゆるとかき回される。

彼はけっして無理することなく、ゆっくり、わたしの呼吸を見ながら動いてくれる。

「はっ、はぁっ、シェリル。はあ」

「あ、おお、きい。すご、いっ」

「ああ、そりゃ光栄だ。どこがいい？　ここか？」

「あっ…そこ……れ、おっ！　あっ」

「はっ、もっと、もっとだ」

ずぶ、ずぶと、彼は奥に何度も己の猛りをぶつけて、そのたびにわたしは苦しいのと同時にたとえようのない悦びを感じていた。

ずっとずっと、彼に表面ばかりを慰められてきた。だからこそ、ずっと待ちわびていた快感に打ち震えて、彼にしがみつく。

はくはくと声にならない声をあげていると、彼が慈しむような目で見てくれていることに気がついた。どちらともなくキスをしながら、まるで溶け合うような感覚に満たされる。

「んっ、れ、おっ……あっ、あンっ」

「イきそうか？　ああ、イッちまえ。ほら」

「あっ、ん。れお、レオルドも……あっ、ああっ」

ひとりは嫌だった。ずっと、くっついて、溶け合っている彼といっしょにイきたい。

懇願するように目を向けると、彼は少し困惑したように目を伏せて、息を吐く。

「きて。もっ……と、ね？」

「んっ。オレみたいなロクデナシにそんなこと言って――後悔、するなよ？」

「……ぅん、うんっ。きてっ……！」

「……オレぁ我慢がきかねえんだぞ？　わかってるのか？」

彼は皮肉めいた笑いをもらして、わたしを強く抱きしめた。

ガツガツと彼の抽送が激しくなり、息をすることすら苦しくなる。

さっきまでの優しい動きとは全然違う。その荒々しさにわたしの意識もどんどん高まっていく。

「あっ、すご、気持ち、いっ。れ、おっ」

「ああ、そうだなっ。もっと、もっとだシェリル」

「あっ……はぁっ、や、あン！」

「イイ声で啼いてくれよ？」

パチパチと目の奥が眩く光ったかと思うと、わたしの身体に一気に震えが押し寄せてくる。

レオルドの身体がブルリと震えた。そして、同時にわたしも。

「くっ、出るっ」

「あっ、ンン――――ッ！」

それは本当に一気にやってきた。頭のなかを真っ白にのみ込んでくる眩い何か。

びゅくびゅくと彼の猛りは脈動し、白濁をナカに吐き出した。

ぐったりしたまま、ナカに出されちゃったとぼんやりと思う。彼も彼で、わたしを強く抱きしめたまま、はぁはぁと肩で息をしていた。

じっとりと汗の滲むレオルドの肌。わたしとは全然体格が違ってて、こうしてのしかかられると、ずっしりとした重さを感じる。

そのたくましい彼の背中に腕を回すと、どく、どくっ、と力強い心臓の音がよく聞こえた。

それはすごく速くて、きっとわたしよりもすごく低い音。彼の胸に耳を押し当ててそれを聞いていると、あぁ……とうなるような彼の声が聞こえた。

「れ、おる、ど……？」

「ん。ああ……」

吐息の混じったその声が、やけに色っぽく聞こえる。

彼は少しだけ身体を起こして、わたしの頬に片手で触れる。それから困ったような顔を見せて、わたしの頭をぐしゃぐしゃにかき混ぜた。

「なぁに？」

「はぁあぁぁ……」

見たこともないような情けない顔をしながら、彼は盛大なため息をついた。

何か呆れられるようなことをしちゃったかなって不安になったけど、そんなわたしの気持ちを見透かしたように、彼はもう一度わたしの頭をなでる。

「あ。いや、これはな？　オレの問題であって」

「えっと？」

意味がわからなくて首をかしげると、彼はなぜか勢いよく身を引いた。

「ああもう、そんな可愛い目でこっち見んな！」

「ええ……？」

可愛い？　すごくナチュラルに言われて困惑する。

わたしたちはまだ繋がったまま。果ててすぐに、彼がこんな顔をしているのが気にならないはずがないのに。

「――ってよ」

「え？」

何かボソボソ言ってるけど、聞こえない。

聞き返すと、彼は途方に暮れたような顔をして、ぐしゃぐしゃと今度は自分の頭を掻いていた。

「だから。ナカに、出しちまったと、思ってよ」

「……」

「あ、いや。まあ、デキたらデキたでしっかりやるぞ？　オレは。いや、気が早いか？　早くないよな、出しちまったんだから――いや、そうじゃなくて、そういうのはフォ＝レナーゼに帰ってからだと思ってたのによ。……シェリルのせいだぞ。お前があんなに可愛くおねだりしたら、我慢がきくわけ――いやいや、何オレは責任転嫁してんだ。ああもう、しっかりしろよオレ！　情けねえ！」

責めたわけでもないのに、レオルドはまるで懺悔をするかのごとくぺらぺらと独白している。

こんなに情けなくて可愛い彼を見るのははじめてで、しかも素っ裸で、情事の最中だってことを考えると、なぜだか可笑しく感じてきた。

「ふふっ」

「オイ、笑うなよ。オレはちゃんと、お前のことを考えてだな！　……いや、考えてんならナカ出しすんなよなって話だよな。いやオレほんっと我慢きかねえ」

「あはは」

笑いが止まらないわたしを、レオルドはじとっとした目で見てくる。

「あー。それ以上は可愛くて憎らしいからヤメロ。もう一発犯すぞ？　って、違う。だからオレのこういうところをだな」

「あははは」

「クソッ、こっちは真剣なんだからな！　少しはよ——」

がぶりと唇に噛みつかれて、目を見開いた。舌を絡めてねっとりと愛撫されたら、わたしはもう何もしゃべれなくなってしまう。

レオルドはなんだか真剣な目で、口を開いた。

「オレがちゃんとしねえと、お前がやいやい言われるだろ？」

「え？」

「オレだってちゃんと、考えてんだよ。だから、な」

「それって——」

彼の意図を読み取って言葉を紡げずにいると、彼はガシガシとわたしの頭をかき混ぜてから、視線を彷徨わせる。

「はずい」

「えっ」

「もう、いい。今日はもう、これくらいで勘弁してくれ。うん。あとはやっぱ身体で語るわ」

「ちょ、レオ——……」

そのまま何度も何度も口付けされて、優しく背中をさすられて。そのままふたりでごろごろ転がる。

変わらずわたしのナカには彼がいて、一度精を吐き出した彼自身が、ゆるゆると芯を取り戻しているのがわかった。

「あの、レオルド？」

「……我慢がきかねえロクデナシだって、馬鹿にするか？」

「ううん」

「お前は、オレに甘すぎだな？」

「あなたが、わたしに甘いのもよくわかった」

「そうかよ……まあ」

そして彼は、吹っ切れたような笑みを浮かべてつぶやいた。

「お前は、オレが、護ってやるよ」

「しっかり最後まで誘拐していてね？」

「ああ、そうだな」

ふたりして笑い合う。わたしたちはたっぷり抱き合ったまま、もう一度身体を重ね合った――


――翌日。わたしたちは宿を出て、また馬で西へと進んでいた。

「ほら、つらかったらもっとオレに寄っかかっていいから。落ちないようにな？」

「うん」

「眠れるようなら、寝てていいから。無理するなよ？　な？」

「大丈夫だよ、レオルド」

「お前の大丈夫はイマイチあてになんないんだよな」

レオルドは、心配そうにため息をつく。

わたしたちは朝起きてから、出発の準備をしたんだけど。

ほら……昨夜は、ああだったから。あのあとも結局、全然我慢がきかなくてね？

特にレオルドは、本当にすっごく我慢してくれていたらしく、一回や二回どころではおさまらなかった。

結局、満足するまでふたりで慰め——違うよね、ええと、愛し合って？　いたんだけどね？

今朝、ベッドから起き上がろうとしたときに気がついた。

シーツには赤い血の色がしっかりついていたし、わたしはまともに立てないし、あそこはヒリヒリ痛いし、今もまだレオルドのモノがずっと挿入ってる感覚が残ってるし……

なんとか歩こうとしてひょこひょこしてたところをレオルドに抱き上げられて、身体を綺麗にしてもらったり、着替えまで手伝ってもらったり、至れり尽くせりだった。

（レオルドが、優しい）

いまだに、夢なんじゃないかなって思う。

言葉遣いは乱暴なままだけど、わたしを心配するような言葉が端々に出てきてさ。そのたびに落ち着かないやらふわふわするやらで、朝からずっと浮ついた気分だ。逃げてる最中なのにね？

「ケツ痛かったらすぐ言えよ？　ゆっくり進むからよ」

「うん。ありがと」

「いいよ、いちいち礼なんざ」

今だって馬に騎乗したまま、ぐしゃりと頭をなでられて、そのまま片腕でしっかりと抱き込まれる。恥ずかしくなってすっと視線を彷徨わせたところで——ふと、キースと目が合った。

彼はわたしたちの様子に何か感づいたらしく、おもむろに口を開く。

「……あの、お嬢さま」

「えーっと……えへ？」

「！」

わたしが誤魔化すように笑うと、キースは大きく目を見開いた。

あ、はい。……うん、わかるよね。わかりますよね？

これが女友達だったら、きゃっきゃと恋の話題に華を咲かせていたと思うけど、付き人の彼らはさ……小さいときから可愛がってくれて、しかも四六時中一緒にいるわけじゃない？

レオルドと本当の意味で愛し合いました、なんて言わなくてもバレてると思うけど、改まってしまうとめちゃくちゃ恥ずかしいわけで。

わたしはすぐさま視線を逸らして、片手で顔を覆った。

えっと、シェリル・アルメニオ、大人になりました……

真っ赤になっちゃったわたしの反応でいろいろ悟っちゃったんだろうね。キースはいきなりキッと目を吊り上げて、レオルドを睨んだ。

「昨日はともかく今朝も訓練に来なかったと思えば、貴様……！」

「あん？　オレに構ってもらえなくて寂しかったかよ、キース」

「なわけあるか!!」

　こっちはそっとしてほしいのに、男ふたりはやいやい言い争いをはじめる。

「今日のコイツを連れて訓練なんかできるかよ。ゆっくり寝かしてやりてえだろうがよ。ま、どうせくっついていられるのも、あと数日だからな？　そしたらとことん付き合ってやるよ」

「付き合ってやる、はこっちのセリフだ。貴様は付き合っていただいている、だろう！」

　ぽんぽんと言い合うふたりの横で、わたしはふと、レオルドの言葉に目を伏せた。

　あと数日。そう言われてしまうと、やっぱり心に引っかかるから。

　だけど、わたしの表情に気がついたらしいレオルドは、にまりと笑う。

「へーへー、デカい口も、あとちょっとだからな。言わせといてやるよ、キース殿ォ？」

　彼はそう言ってがしがしとわたしの頭をなで回したあと、ぐいと肩を抱く。

　――心配するなよ。

　そう耳元で囁いたかと思うと、わたしを抱いたまま、キースたちのほうへ身体を向けた。

「フォ＝レナーゼに着いたらオレはコイツの旦那だからな？　せいぜい敬え」

「！」

「!?」

　わたしもキースもそのセリフに目を丸くして、レオルドを見た。

予想と違う反応だったらしく、レオルドのほうが眉根を寄せる。

「え？　なんでお前も驚きやがるんだよ」

「だ、だって……」

レオルドの言葉に「お前？　お前だと？」とキースがぶつぶつつぶやいているけど、もう、わたしの耳には届かなかった。

彼にはここ数日、ずっと、こうして後ろから抱きしめられているけれど――ついでに言うと、出会ったときからずっとずっとくっついているんだけどさ、今日は、今までとは全然違う。

レオルドの操る馬はゆっくり歩を進めていて、わたしは片腕でしっかり彼に抱きとめられている。

わたしは妙に背中側の存在を意識してしまって、少し、身体が熱く感じる。

そのうえ、さっきみたいに――だ、旦那……とか、言われちゃうと。

(気持ちはね？　向けてくれてるのかなって、わかったよ？　ちゃんと伝わってきたけどさ)

その気になった、とは言ってくれたし、少しは未来の話だってしたよ？

でも。好きだとか、愛してるとか、はっきり気持ちを表してくれる言葉をくれたわけじゃない。

たしかに、レオルドってそんなこと言いそうにないからさ？　わたしの贅沢だとも思うんだよ？

でも、昨日の行為はあくまでも男女の割り切ったものだったって言われたら、おしまいじゃない？

何か、確信が持てる証拠がほしかったんだと思う。わたしってば、わがままだよね。

だからこそ、レオルドの口からするりと未来の話が出て、嬉しくないわけがなかった。

頬が緩むのを感じながら、わたしは彼を振り向いた。

「おい。危ねえから前向いとけよ」

「さっきの言葉、冗談じゃ、ない？」

「……」

「レオルドは、未来の、わたしの、旦那、さま？」

「…………お前が、許してくれんなら、だがな？」

ぐっと、回された腕に力が入った。

わたしは目の奥が熱くなるのを感じながらも、深呼吸してどうにかこらえる。

「いっしょに、いたいよ」

「ん。なら、決定だ」

「レオルドっ」

ガバリと、後ろにいるレオルドの首にしがみつくようにして抱きついた。

「おわっ！　馬鹿、危ねえだろっ!?」

レオルドは驚きながらも、馬を動揺させないように器用に手綱を引いている。

後ろから「あらあら」っていうアンナの明るい声が届いた。キースのほうは声にならない呪詛みたいな言葉をぶつぶつ発しているけれど、もちろんスルーだ。

「好き……」

がっちりとしたたくましい胸に顔を押しつけ、息を吸い込む。

「へいへい。ありがとよ」

腰に回している手でわたしをあやすようにポンポンと叩きながら、レオルドが言う。わたしはもう一度つぶやいた。

「好きなの」

「ん。ちゃんとわかってるよ、シェリル……ほら、危ないから、前を見ろ」

ぐりんと身体を正面に向けられ、またちゃんと抱き込まれる。

頭のてっぺんに何度かキスをもらって、わたしたちは前に進んだ。

「早く、帰りたいな」

「だな」

レオルドは、わたしの言葉に相槌(あいづち)を打って、そっとわたしの耳に顔を寄せた。

「そしたら、本気で抱きつぶすまでお前を愛せるのになあ」

そんなことを囁(ささや)くからたまらない。朝からくらくらさせられて、目を逸(そ)らす。

「ほんっと、馬鹿！」

「けど、好きなんだろ？」

からかうように返してくるのが憎(にく)たらしい。でも、全然反論できなくて、わたしはもう一回、馬鹿と続けた。

……はあ。結局、レオルドに振り回されてばかりだよね、わたし。

でも、こうやって彼とたくさん話ができることが、わたしにとっての幸せなんだと思う。

あと少し。もう少しで目的地のイーサムの街。そしてそこを越えた向こうはフォ＝レナーゼだ。

彼と一緒に歩む未来を想いながら、わたしたちは今日も西を目指す。

幕間　〈隷属〉魔法使いは〈赤獅子〉の行方を追う

心を鎮め、深い、深い闇のなかへと落ちていく。

――まただ。また、薄くなっている。私と繋いだ絶対的な契約のなかでも、特に強固に縛りつけてある鎖が。

私、デガン王国の〈隷属〉魔法使いオスヴィン・オルトメイアは今、デガン王国の都を出て西へ向かう途中だった。そして、とある宿にてひとり、自分自身の精神と向き合っている。

〈隷属〉魔法は、術者と相手の精神を〈繋ぐ〉魔法。わざわざ相手の精神へ潜らずとも、自身の精神に潜れば、その繋がりの鎖を確認できる。

ここ数日、夜毎自身の精神に潜り、確認するたびに驚く。

とある者へかけた〈隷属〉魔法だけがどんどん削り取られているのだ。しかも――

（痕跡が、消えただって？）

先ほど届いた斥候からの連絡をも不審に思う。

ヤツら――〈赤獅子〉レオルド・ヘルゲンたちの進路は把握していた。かなりの追手を放っていたのに、見失っただと？

どこかに隠れたのなら、あぶり出さなくてはいけないが……

「ふむ……」

私は自慢の黒くて長い髪を何度もなでながら、思考する。

あの男にまた新たな買い手がついたというから、今度はどう堕ちるのか――いよいよモンスターの餌にでもされるのかと楽しみに報告を待っていたというのに。あろうことか、すっかり面倒なことになってしまっている。

ヤツの首から私特製の〈隷属〉奴隷の首輪が消えていたという報告が入って、正直焦った。

もう少し報告が遅かったら手遅れになっていたかもしれない。私が気付いたときには、彼の魔力を封じる一番太い〈隷属〉魔法以外はすでに解除されてしまっていたのだから。

（まずい。まずいぞ。最後の縛りまで解かれたら、〈赤獅子〉は――）

気性の激しい男だ。まず間違いなく報復に来るだろう。

魔法使いを殺すのは惜しいが、アレが野放しにされる前になんとかしないと本気でまずい。

本来、あの男の強さは災害レベルだ。普通の魔法使いが束になってもかなわないほど。

デガン王国には魔法使いが少ないからな。もともと稀少な存在ではあるが、他国と比べて、その少なさは顕著だ。だからあの圧倒的な強さをデガンのものにしたくて、かつて声をかけたというのに。

あの男を縛るために、それはもう用意周到に準備をした。享楽主義でわがままな男だという情報は得ていたから、確実に〈隷属〉魔法で縛れるよう、入念に。

そもそも、〈隷属〉魔法を心身ともに健康な人間に施すには、いろいろと条件を整える必要がある。

あの男は魔法使いだからなおさらだ。

それでも、種を蒔く手段はゼロではない。一番有効なのは、祈りを捧げる場を使うことだ。

だから私は、レオルドが騎士の誓いをする際に、〈隷属〉魔法を施し、時が来たら発動できるように仕掛けた。

正直、あのような好機はもう二度とないだろう。ゆえに、一度解放されてしまえば、あの男を再び縛ることは容易ではない。

それならば、野に放たれた危険な芽は、摘み取っておくべきだ。生きてても、死んでいてもいい。

（しかし、なぜだ？　なぜ、私の魔法が解かれた？）

……いや。報告を受けていたときから、もしかしてという思いはあった。

あの男を買い上げたという娘の名前を見たときに、ピンときたのだ。

フォ＝レナーゼの若き魔法使い、シェリル・アルメニオ。

〈結び〉の魔法使いなどたいしたことなどない。むしろアルメニオ商会が宣伝がてら利用しているだけの存在でしかないと思っていたが――考えを改めなくてはいけないようだ。

（あの娘が実は〈隷属〉魔法を？　……黒き神の祝福を授かっているようには見えないが）

私は考えを巡らせる。

そういえば、遠い昔――この国でたったひとりだけ、私と同じ〈隷属〉魔法使いが見つかったとの情報が入ってきたことがあったな。

当時からずっとその者を捜し続けているが、まだ見つかっていない。

そう、あれは九年前のことだったか。この国の裏ギルドから、黒髪黒目の少女を手に入れたから買わないかと持ちかけられたのだ。

もちろん、手に入れるつもりだったとも。自分の魔法だからこそよく知っているが、〈隷属〉魔法は使い勝手がいい。駒にするなら最高の存在だ。

しかも、子供で女とくれば扱いも非常に楽だ。幼い頃から従順になるよう躾ければよいし、ある程度大きくなっても、快楽で簡単に堕とせるだろう。

操れるなら相手なんて誰でもいいのだが……もちろん、見目よく育ったなら私が直々に飼ってもよいかなどと、いろいろ考えを巡らせていたというのに。腹立たしいことに、あの〈赤獅子〉がその少女を逃がしてしまったのだ。

王国お抱えの魔法使いである私と、裏ギルドとの関係を知られてはいけない。だから裏取引の予定があったなどと言えるわけもなく、〈赤獅子〉を直接咎めることもできなかった。

ああ、思い出すとイライラが止まらなくなる。

私は大きく息を吐き、冷静になろうと努めた。

それにしてもだ。件の娘――シェリル・アルメニオは淡い茶色の髪だと報告を受けている。瞳も黒ではなかったはず。となると、〈隷属〉魔法使いとは考えにくいのだ。

だが、あのアルメニオ家の娘だ。そこがどうにもひっかかる。

上等なかつらや、瞳の色を変える魔道具を手に入れていてもおかしくないほどの金持ち。

彼女の正体を隠すだけの技術と財力がアルメニオ商会にはある。

そして〈赤獅子〉の〈隷属〉魔法が解かれたのは、あの娘が買い取ったあと。

それらの事実を見れば、彼女が〈隷属〉魔法の使い手である可能性は極めて高い。

だが、引っかかるのは、彼女がレオルドを買った動機だ。年齢が離れているし、暮らしている国も違う。ふたりに接点があったなど、聞いたことがない。

そこまで考えて、ふと思い出す。

……そうだ。アルメニオ家には、馬鹿みたいな家訓があったはず。初恋の相手を配偶者にする、だったか？

もし、九年前のあの黒髪黒目の娘がシェリル・アルメニオ本人だとして、そのときに〈赤獅子〉に惹かれていたとしたら？

——あの、アルメニオだからこそ、十分な動機になり得る。

「くく、ははは」

なんと酔狂なことか。つい、笑いが漏れてしまう。

だが、そう考えると、いろんなことの辻褄が合うのだ。実に馬鹿馬鹿しいが、あの娘がわざわざデガンの端まで奴隷ひとり買うためにやってきた理由も成り立つ。

（これは、思わぬところで素晴らしい掘り出し物を見つけた。——シェリル・アルメニオ。あの娘を、必ず手に入れてやる）

忌々しかった〈赤獅子〉がこんなところで役に立つとは。

厄介な男だったが、せいぜい餌とさせてもらおう。

(――さあ、あの娘を、絶対取り逃がすなよ)

第四章　拝啓お父さま　元英雄騎士はわたしのヒーローなのです

――拝啓お父さま
わたしたちはようやく、イーサムの街の手前までやってきました。

南方面から船を使わずに西へ通過するにはメルクルーネ橋を渡るしかありませんものね。

あと少しですよ、お父さま。絶対に、あの橋を渡ってみせます。

きっと大丈夫。レオルドだって、わたしを護るって言ってくれていますから。

それに、いつもこちらから一方通行の連絡ばかりですが……

お父さまが、ちゃんと助けを用意してくださっているって信じていますからね?


きゅっと、握る手に力を込める。

馬を引き、わたしはレオルドと腕を組んだ状態で、長蛇の列の後方に大人しく並んでいた。

ここは、イーサムの街へ入場するための検問だ。

あれから旅はなんとか無事に進み、ここまでやってきた。っていうか、海路を捨てるしかなくなった時点で、この街へ逃げてくるしかなかったってのが正しい。

ここイーサムの街は、デガン王国を東西に分断する大河に架(か)けられた大きな橋、メルクルーネ橋があるからね。

その大河を渡らないと、デガン王国を出られない。でも、船で渡ろうとした場合、また旅券が必要だって言われたら困っちゃうじゃない？

だからアルメニオ商会の支部があるなしに関係なく、このイーサムの街には結局立ち寄らなくてはいけなかったんだよね。状況的に。

それに加えて道中、どんどん斥候(せっこう)の存在を感じるようになって、まるで追い込まれるみたいに、急ぐしかなかった。

レオルドの魔法を解くのが先かなって思ってたんだけど、どうしても間に合わなかったんだよね。

わたしはため息をついて、後ろにいる仲間たちに視線を向ける。

髪の色や目の色はバッチリわからないようにしているし、服装もデガン王国の一般的なものに着替えた。そのうえで、わたしは〈結び〉の魔法の正反対——いわば〈解(ほど)き〉の魔法をかけた。いわば、わたしたちの存在を薄く感じさせる魔法ね。

とはいえ、これはおまじない程度のものでしかない。

それでも、検問の際に向こうが少人数であれば、興味の糸を断ち切る魔法を重ねがけすることもできる。気配に敏い魔法使いがいないかぎりはなんとかなると思う。

ただ面倒なのは、この街に入れたとしても、橋のところでもう一度検問がありそうだってことなんだよね。

アルメニオ商会の支部は街の西。河を渡った向こう側だ。

お父さまとの手紙が一方通行じゃなくて、相互でやりとりできていたら、誰かを東側まで寄越してもらって待ち合わせ……とかできたんだけどな。

でも、できないものはどうしようもない。自分たちでなんとかしなきゃ。

どうにかしてお父さまが――ううん、フォ＝レナーゼ側がわたしたちを保護できる状況まで持っていかないと、デガン王国の人たちはレオルドをどうするかわからないもの。

だって、レオルドがわたしを攫ったって勝手にでっち上げるような人たちだもん。

わたしがどうこう言ったところで、レオルドが罪人決定……とかなったら、シャレにならない。

だから、せめて商会の誰かと合流するまでは、わたしがシェリル・アルメニオだってバレるわけにはいかないんだ。


「――次だ！」


衛兵たちは、人々の顔を見て、名前と目的と行き先を確認して、荷を検める。

列は最終的に四ヶ所にわかれて、それぞれ流れ作業で確認しているようだ。

係の者はそれぞれ三、四人。これなら、興味の糸を断ち切ることは可能だし、どうとでもなる。

ほっとしていると、いよいよわたしたちの番になって、目を合わせた。

一時的にアンナとキースと別れて、わたしとレオルドは列の前へと進んでいく。その際に、わたしは係の人たちにサッと〈解き〉の魔法をかけた。

「名前は？」

「アレク・テイルマ。こっちは妻のリズ」

レオルドが打ち合わせどおり偽名を名乗って、わたしたちは横並びになって係の人に顔を見せる。

心臓がバクバクするけど大丈夫。大人しくしていたら、きっと切り抜けられる。

彼が妻だって言ってくれたことが、演技だとわかっててもドキドキするけれど、それを態度に出すわけにはいかない。この検問はまず間違いなくレオルドを捜し出すためのものなのだから。

係の男たちは資料を片手にわたしたちの顔を見る。けれどもその目は、魔法によって明らかに興味の色をなくしていた。

「よし、通れ」

手配書と顔を見比べてもバレなかったのだから、わたしの魔法でやっぱりなんとかなりそうだ。

無事に街中に入ると、少しだけ緊張の糸が緩んだ。

アンナやキースとも合流し、わたしたちは橋のほうへと向かう。

「大きな鐘撞き塔ね」

橋の東側にその塔がくっついていて、観光名所にもなっているみたい。街のどこからでも鐘撞き塔が見えるという噂はたしからしく、橋までは絶対に迷わないって教えてもらっていた。上を見て歩いているかいないかで、この街の人間かどうかわかるくらいだもんね。

「あと、ちょっとだね」

「ああ」

安心しろよと言うみたいに笑って、レオルドはがしがしと頭をなでてくれる。

橋を渡れば目的地。もちろん、フォ＝レナーゼに入るまでは気を抜けないけれど、それでも状況はかなり変わるはず。そう信じて進むしかない。

「こんな状況じゃなけりゃ、いろいろ案内してやるんだがな」

レオルドはわたしを抱えて馬を進めながら、小さくため息をついた。

「残念だったね。この街に詳しいの？」

「何度かは来てるさ。そこそこメシが美味(うま)くてな。……今回見られなきゃ、当分この国には来ねぇだろ？」

「それは、そうかもね」

レオルドはすっかりお尋ね者だし、ロクな思い出もないだろうし。

わたしは少し惜(お)しくなって、周囲の光景を目に焼きつける。

緑豊かなデガン王国らしい木を使用した建物も多く、どこか素朴(そぼく)な雰囲気の街だった。海に面したフォ＝レナーゼとはまるで趣(おもむき)の違う街並みに、心が躍(おど)らないわけじゃない。

レオルドと穏やかに会話をしていると、やがて視界が開(ひら)けた。大河に面した通りに出たらしい。

大河は本当に見事としか言いようがなかった。

川幅が非常に広く、向こう側の建物がとても小さく見える。

大きな橋の手前には、これまた大きな門が設置されていて、鐘撞き塔と繋がっている。見上げると、石でできたそれはとても高く、堂々として、存在感があった。

やっぱり橋でも検問があるらしく、そこにも列ができている。レオルドに手を引かれて、わたしは再び馬を降りた。

その際、少しだけぎゅっと抱きしめられて、わたしは笑う。今はさすがに抱き上げっぱなしみたいな、目立つことはできないもんね。

手を繋いで、身体を寄せているだけじゃ、距離も面積も足りないの、わかってるよ？

だから、自然に見える程度に腕を回して、密着度を少し上げる。

わたしがバッチリレオルドの感情を読み取ったことに、彼は苦笑いを浮かべて、がしがしと頭をなでてくれた。

そして列の最後尾を探して、並びに行く。ここまで順調に来ていたし、大人しくするしかないのもわかっているからね。ドキドキしながら、時を待つ。

——でも、やっぱりね。そう簡単にいくものではなかったらしい。

遠くから統制のとれた足音が聞こえてきて、わたしたちの間に一気に緊張感が漂った。

兵士だ。しかも、かなり数が多い。

ちら、と音のしたほうに目だけを向けてみると、どうやらこの街の警備兵たちの巡回のようだった。

彼らはわたしたちの横を通過し、橋へ至る門に行進すると、検問の者たちとひと言ふた言会話する。

レオルドと繋いだ手に思わず力を入れると、彼もぎゅっと握りかえしてくれる。

いくら興味の糸を断ち切る〈解き〉の魔法を使うにしても、あの人数、しかも今の距離だと難しい。心臓がばくばく飛び出しそうになるのを抑えながら、こちらに近づいてくれるなと、わたしは祈ることしかできなかった。

——けれどもその願いは叶わなかった。

やがて集団は引き返して、検問待ちの列のほうへと歩いてきたのだ。

わたしはゆっくりと河を眺めているフリをして、やり過ごす。レオルドを引き寄せて、甘えるようにして。

「もし」

声をかけられて瞬いた。

大丈夫。わたしたちは、手配書の人物とは無関係。普通の一般人として接すればいいだけ。

……そう思ってたんだけど。

「少し、あちらでお話を伺えませんか？」

丁寧な問いかけではあった。けれども、彼らの行動は素早かった。

用件は言わず、静かにわたしたちを取り囲もうと、動きはじめる。

（もうバレてる⁉）

どうして悟られたのかはわからない。けれども、確信を持っているように話しかけてきた男の表情を見て、レオルドはがしっとわたしを抱き上げた。

「行くぞ！」

彼は声を荒らげるなり、走り出す。

アンナとキースもあとに続き、橋に向かっていく。検問すら振り切り、一気に突破した。

「待ちなさい！」

多くの兵たちの制止を無視して、わたしたちは橋を渡りはじめる。

向こう岸はかなり遠いけど、道は一本。橋の上には一般人も多く、猛スピードで駆けていくわたしたちを見るなり、慌てて道をあけていく。

検問を強行突破してしまったせいで、追手もさらに増えている。

ピィーッ！　と、警戒を呼びかける笛が鳴り、わたしたちの後ろから大勢の足音が聞こえてきた。

咄嗟のことで、馬も大きな荷物も手放してしまった。胸の奥がヒリヒリするけれど、ぼーっとしてはいられない。

わたしはレオルドに抱き上げられたまま、自分のスカートを少しだけたくし上げる。太腿に隠していた魔銃を慌てて取り出し、後ろに向けた。

「まずい！　来るぞ!!」

誰かが声をあげる。わたしが魔銃を構えていることに気がついたらしく、大勢の兵が怯んだ。

「いくよっ」

みんなに呼びかけると、レオルドを含めた全員が目を閉じる。もちろんわたしも同じようにして、魔弾に溜め込んでいた魔力を一気に放出した。

目を閉じていても、凄まじい閃光が走ったのがわかる。

光がおさまり目を開けると、多くの兵が目をやられ、足を止めているのがわかった。

それでも、全員撒くことなんてできない。一部の兵にはしっかりと対策をとられていたようだ。

ロードロウで一度使った手だから、すでに報告が入っていたのかもしれない。

（わたしたちが姿を変えていることも知られていた？　街の入り口ではなく橋の手前で捕らえようとしたのは、わたしたちを囲い込むため？）

考えても埒があかない。こんなに大勢の人に追いかけられるのははじめてで、呼吸が浅くなる。

レオルドはわたしを抱えて走りながら、舌打ちをした。

「ちっ！　撒ききれねえかっ」

「まだ、弾はあるよっ」

「頼んだっ」

再び腿のホルダーから弾を取り出して、装填しようとする。手が震えてうまくできなくて、わたしはますます焦ってしまった。

「落ち着け、大丈夫だ」

ぽんぽんと、レオルドがわたしの背中をさすってくれる。

――けれども次の瞬間、強い衝撃がわたしたちの身体に走った。

「!!」

「――ん、だとっ」

ビリビリビリ、という激しい攻撃。予想外の反撃に、レオルドの身体がよろめく。

後ろからアンナやキースの悲鳴も聞こえた。

ばんっ！　と、さらにもう一撃。弾けるような音がし、光が走るとともに、レオルドがその場に倒れ込む。彼が抱きしめてくれていたせいで、わたしにはほとんど衝撃が来ない、けど――

「つぅ……これは…………麻痺、弾、か？」

麻痺弾。その言葉に――ううん、この状況に、嫌でも理解してしまう。

（魔銃……）

魔銃は、使用者の魔力を込める必要があるから、魔法使いにしか使えない。

ということは、この場には間違いなく魔法使いがいる。

しかも、わたしが持つような小型のものではない。しっかりと人を殺傷するための、大型の魔銃を扱う誰かが。

橋の上に、硬い靴の音が響く。みんなを制止させ、ひとりでわたしたちへと近づいてくる誰か。

そしてその男の顔を見たとき、レオルドが明らかに顔色を変えた。

「てめ……え……っ！」

「久しぶりだな」

痺れて動けず、倒れ込んだままのわたしたちの目の前に、黒いブーツが近づいてくる。

その主はそっとしゃがみ込み、わたしたちと目を合わせた。

「実に無様だな、〈赤獅子〉よ」

「――オスヴィン・オルトメイア」

レオルドの言葉にハッとする。

オスヴィン・オルトメイア——それは、この国で唯一の〈隷属〉の魔法使いの名前ではなかったか。

さらりと長い髪の毛がこぼれ落ちる。

長くて美しいその色彩は黒。深い海のような藍色の瞳は神秘的で、知的な風貌（ふうぼう）に落ち着いた印象を受ける。

「きゃあ！」

「やめろ！」

遠くでアンナとキースの声が聞こえた。ふたりも麻痺弾（まひだん）にやられて、拘束されてしまったらしい。

わたしたちもまた同じように、オスヴィンの部下たちに身柄を取り押さえられる。

「ぐ、ああああっ」

「レオルド！」

「っ！　クソッ、やめやがれっ」

わたしは強引にレオルドと引き離された。

わたしなんかよりも、レオルドのほうがよっぽど警戒されているようだ。彼ひとりを四人がかりで取り押さえていて、さすがの彼も身動きがとれずにいる。

「やめてっ。わたしと離れたら、レオルドはっ」

「くっ……!!」

レオルドの額（ひたい）から一気に汗が噴（ふ）き出している。

苦しそうに顔を歪(ゆが)めて、引っ張られてよろめいた。

一歩踏ん張るだけで、彼のうめき声が漏れる。見ていられなくて、わたしは必死に手を伸ばした。

「レオルドっ！」

「大丈夫だっ……！　これくらい、なんてこと、ねえっ！」

「おねがい、離してっ」

わたしもわたしで両腕をとられ、身動きがとれない。グイと力を入れられると、それだけで骨にくい込むような痛さがあった。

「やっ……！」

どうにかして逃げられないかと藻掻(もが)くけれど、全身に痺(しび)れが残っているうえ、女ひとりの力じゃどうにもならない。

倒れたときに落とした魔銃も奪われてしまった。武器を手放したわたしには、もう何もできない。

オスヴィンはそんなわたしの目の前まで近づいてきた。そしてじっとりと眺めまわしてくる。

「ふぅん……髪と――瞳にも、魔法の気配を感じますね？　全身にもうっすらと……？　感じたことのない魔法ですね。興味深い」

「っ……」

「まあ、ここでお話しするのもなんですから。あなたのことは丁重にもてなしますよ、お嬢さん？なんでしたら、向こうのふたりは助けてあげてもいい」

オスヴィンはくいっと顎(あご)で後方を指し示す。そこには、手に枷(かせ)を嵌(は)められたアンナとキースがいた。

それから彼は、今度はレオルドにもちらりと視線を向ける。わたしは焦燥感のままに尋ねた。

「レオルドは……？」

「さあ？　今後のあなたの態度次第でしょうね？　――ふふ。立ち話もなんですし、行きましょうか、お嬢さん？」

オスヴィンはそう言って、橋の東側の門にわたしたちを連行した。

門は鐘撞き塔のなかと繋がっているらしい。

わたしはみんなと引き離され、ひとり、塔の上階へと連れていかれる。屈強な兵士ふたりに肩を掴まれ、螺旋階段を一階分上がったところで、ひとつの小部屋へと辿り着いた。

部屋の奥にはさらに鉄格子で区切られたドアがあって、部屋自体を分断している。ベッドやテーブルなど、生活に必要なものがひととおり揃っているみたい。

見たところ、少し身分の高い者のために用意された牢――といったところだろうか。

わたしはそこに入れられ、椅子に腰かけさせられた。

両の手首には鉄の枷がつけられ、鎖で繋がれている。それらはずっしりと重い。

レオルドも昔、このようなものをつけられていたんだなと思うと、胸がキリキリ痛んだ。

「さて」

涼しげな声で、オスヴィンが話しかけてくる。

綺麗な顔立ちの男だ。年は三十代なかばくらいだろうか。レオルドよりも年上なのだろうけれど、印象は全然違う。どこか冷たい目の色に、よけいに警戒してしまう。

彼は髪色と同じ、黒の仕立てのよい薄手のコートを身につけている。まるでその色彩で彼の存在を知らしめているようだった。

「お嬢さん、あなたを捜すのには本当に苦労したんですけどね？　まずはたしかめさせてもらわないと――」

彼は黒い手袋を脱いで、そっと、わたしの髪をなでてくる。

「……っ！」

「おや、怯えている？　少し、震えているようだ。大丈夫、私はあなたを保護しただけですから」

「保護？　必要ないわ。みんなのところへ帰して。わたしたちは、自分の国へ帰るだけなんだから」

「自分の国？　おかしなことを言う」

不思議そうに言う彼に、わたしは声を荒らげた。

「おかしくなんてない！　この枷を外してっ。帰りたいだけなのにっ」

「ふふ」

何がおかしいのか、オスヴィンは目を細めて、薄ら寒い笑みを浮かべる。

そして、グイと顎を持ち上げられた。その冷たい指に、身体が震えて泣きそうになる。

逃げたいのに、屈強な兵士ふたりに肩を押さえこまれてしまうと、もう何もできない。ジロジロ観察されるのが気持ち悪くて、わたしは目を逸らした。

そんなわたしの様子もすべて面白がるように、オスヴィンは口を開く。

「もともとは淡い色の髪と瞳――と報告は受けていたのですけれどね。やはり、さらに色は変わっていましたか」

「どうして、それを……」

あっさりと見抜かれてしまったのは、わたしの色彩の魔法のことを知っていたから？

でもどうして？　どこからバレた？

わたしが混乱しているのがわかったのか、彼は楽しそうに笑う。

「ふふ、図星でしたか？　やはり変えていたのですね。——そして本来は黒だった。そうですね？」

心臓が嫌な音をたてる。

——まさか。いや、でも。わたしの黒髪を知っている人なんていないはずなのに。

彼はまるで確信を持っているかのようにわたしを問い詰める。

「沈黙は肯定と見なしますよ」

「ちが……っ」

「あなたは、無力だ」

否定しようとすると、顎(あご)の骨を強く掴まれた。そこがギリギリと痛む。

彼の藍色の瞳に引き込まれ、抗(あらが)えない。

（…………っ！）

そこで気がついた。

魔力だ。心を外側から蝕(むしば)んでいく、この感覚。黒き神の力を宿した〈隷属〉魔法の気配がする。

嫌な感覚を、全身に力を入れて弾(はじ)き返す。

「お見事。この魔力……やはりあなたもだったのですね。〈結び〉の――いや、〈隷属〉魔法使いのお嬢さん」

「ちがっ……！」

「この私を誤魔化せるとでも？　ほら。もう無駄ですよ。髪も瞳も、元の色に戻しなさい」

彼の言葉に素直に従う気なんてまったく起きなくて、わたしは首を横に振ろうとした。けれども、強く押さえつけられてしまってはそれもままならない。

目を伏せ、視線を外すことすらやっぱり許されなくて、顎に強く力を込められる。

「否と言うのなら、うーん……そうですねえ。このまま口づけでもしてやりましょうか」

「……っ」

思わず、びくりと身体が跳ねた。オスヴィンは少し驚いたとばかりに目を見開く。

「おや。たかが口づけが怖いのですか？　ふふふ。本当に、純情なお嬢さんなのですね。女魔法使いにしては珍しい」

「やめて、お願いっ」

「私だって別に、嫌がる女性に無理強いする趣味はないですよ。ですが、嘘をつかれるのなら仕方がないでしょう？　女性は楽ですね。仕置きも実に簡単でいい」

「やだ！　やめてっ！　〈解く〉っ、〈解く〉から……！」

唇が寄せられるだけでぞわぞわと全身に悪寒が走り、わたしは全力で叫んでいた。

レオルドに距離を詰められても、絶対にこうはならない。

目の前にいるのはレオルドじゃない。その事実に、わたしは全身で拒否をした。

する、と魔力の糸を〈解く〉。

自分にかけた魔法を〈解く〉のは特に簡単だ。肩へ流れた髪はみるみるうちに真っ黒に色を変え、目の奥にうっすらとあった違和感も一瞬で消える。

「くっ……くっ、くっく！　いやあ、いい！　実に慎ましく育ったお嬢さんだ。ふふふ、まるで子供のようですね、素晴らしいっ、アハハハハハ‼」

楽しげなオスヴィンにようやく顎から手を離されて、わたしは項垂れる。

彼は高笑いをしながら、わたしをずっと見下ろしていた。

「アハハ！　たかが口づけひとつで言うことを聞くなんて、あなた、それでも魔法使いですか？　くく！　今までよくやってこられましたね？　いやあ、いい。これは実に扱いやすそうだ」

「うるさい」

わたしはオスヴィンをキッと睨みつけるけれど、彼は気にもとめない。

「そんなに〈赤獅子〉のことが気に入って？　ならば、あなたのためにあの男も生かしてやってもいいですよ？　あなたも魔法使いなら性処理係は必要でしょう？　ヤツを縛り直して、あなたのためのオモチャにしてあげますよ」

「やめてってば」

「あなたもどうせ働くなら、楽しいほうがいいでしょう？　好いた男を差しあげると言っているのですよ？　それとも、誰ともしれない男の群れに投げ入れられたほうがいいですか？」

「お願い、やめて」

わたしが制止しようとするたび、オスヴィンはいっそう面白そうに続ける。

「そこのふたりの男なんてどうです？　〈赤獅子〉に負けず劣らず屈強でしょう？　あなた、顔立ちはそこそこいいですから、誰でも可愛がってくれますよ。まあ、私の趣味ではないですけどね。その汚いそばかすも隠してしまえばいいのに。お金ならあるのでしょう？　化粧品くらい――」

「うるさい！　黙って!!」

カッとなって、わたしは顔を上げる。その勢いにオスヴィンも一瞬怯んで、目を細めた。

「このそばかすはわたしの誇りなの！　馬鹿にしないでくれるっ!?」

「何かと思えば、そんな無意味な誇りを」

オスヴィンにどうこう言われる筋合いはない。わたしは勢いのまま、主張を続けた。

「うるさい！　それに勘違いしているようだけど！　なんの権利があって、この国がわたしを取り込めるというの!?　わたしはフォ＝レナーゼの〈銀星商人〉ジェレム・アルメニオの次女、〈結び〉の魔法使いシェリル・アルメニオ！　他国の人間であるわたしを勝手に攫って使おうなんて、許されるはずが――」

「おや、勘違いしていませんか？　リズ」

「…………？」

ほとほと驚いたととぼけるオスヴィンの言葉に、わたしは瞬いた。

リズ？　――今、わたしのことを、リズと呼んだ？

「シェリル・アルメニオは〈赤獅子(あかじし)〉レオルド・ヘルゲンに誘拐され、そのままヤツに殺されたでしょう？　……あれ？　ご存じなかったですか？」

　何を言われているのか、わからない。オスヴィンの言葉がまったく頭に入ってこなくて、硬直する。

「あれは可哀想な事件でした。あなたと同じ年頃の娘さんだったのですよ？　同じ魔法使いとして、心が痛みます。でも、あなたのことは絶対に国が護(まも)りますから、安心していいですよ」

　殺された？

　シェリル・アルメニオが……？

「え……あ……？　な、にを……？」

「怖かったでしょう？　可哀想に、まだ混乱しているのですね？　あなたも〈赤獅子(あかじし)〉に狙われていましたからね」

　ぶるぶると、恐怖で足元から震えが起きる。手に力が入らなくて、浅く息をした。

　まったく理解ができない。何？　一体この男は何を言っている？

「リ……ズ……？」

「東門での検問で、今日、そう名乗ったのでしょう？　名前なんてこの際なんでもいいですから、それでいきましょう」

　わたしはようやく彼の思惑に気付いて、唇をわななかせた。

「シェリル・アルメニオは亡くなったのですよ、リズ。実に痛ましい事件でした。……でも、あなたとは別人じゃないですか。だってあなたは、黒髪黒目の〈隷属〉魔法使いなのですから。――フォ

＝レナーゼに黒髪の魔法使いがいたなんて記録、一切ないでしょう？」

「な、な……」

「あなたはデガン王国で生まれた人間なのですから、貴重な魔法使いを我々が保護するのは当然です。落ち着いたら、都に行きましょうね？　あなたのために、部屋もしっかりと誂えさせていますから」

「え……あ……」

言葉が出てこないわたしに、オスヴィンはニィと笑ったあと、こちらに背を向ける。

「九年。本当に捜したんですよ、リズ。あなたが無事でよかった。……少し、外の様子を見てきます。あとでたっぷり可愛がってあげますからね」

立ち去り際にそれだけ言い残し、彼は部屋から出て行ってしまった。

同じようにして、わたしを捕まえていたふたりの兵士も鉄格子の外に出て、扉を閉める。

その鉄格子の重たい扉に鍵がかけられるのを、わたしはぼんやりと見ていた。抗うことも、立ち上がることもできず、ただただ放心したまま。

黒髪黒目の娘。――九年前。この国には、そんな見た目の少女がいたことは、拉致された娘の情報を探れば出てくる。そして、それはわたし自身。たしかに、間違いがない。けど――

「違うっ！」

叫んでも、誰も反応してくれない。

ガチャリと、腕同士を繋いでいる鎖が音をたてただけだった。

「わたしは、シェリルよ。……違う。違うのに」

怖くて、悔しくて、目の奥が熱くなる。

ううん、だめ。泣くな、シェリル・アルメニオ！

でも、わかってる。オスヴィンの言うことはもっともだ。

シェリル・アルメニオは茶髪の、〈結び〉の魔法使い。〈隷属〉魔法使いであることは世間一般には伏せられている。

当然、わたしが黒髪黒目だなんて事実は、家族とほんの一部の使用人しか知らないのだ。

九年前に誘拐されたときも、黒髪黒目の少女がわたしであった記録は残されていないはず。

それなら、デガン王国のリズという娘がその少女だったという話は、真実に成り代われる。

嘘で塗りかためられて、このままではデガンに取り込まれてしまう。

だめだ、どうにかして逃げなきゃ。——そう思うのに。

(足がすくんで、動けない……)

弱い心が、わたしのなかを支配してしまう。

「……レオルド……」

嫌だな。何もできない自分じゃ、彼に笑われちゃうのに。

助けてって、心のなかで呼びかけることしかできなくなってしまった。

＊　＊　＊

まともに動けないオレの目の前で、シェリルはひとりだけ隔離され、連れていかれちまった。アンナとキースのふたりもまた、オレとは違う方向へと連行される。

「ヤメロ、離しやがれ！」

口はまだまともに動くんだけどな。全身がピリピリと痺れて、感覚が麻痺している。だが、そのせいか、シェリルと離れていても痛みが鈍い。

……いや、違うか。これはシェリルの魔法によってオレ自身がもう少しで解放されそうだからだろう。実際、日に日に痛みが鈍くなっていた自覚はあったんだ。

あと少し。あと数日だったのに。

（クソッ！　オスヴィンが直々に出てきやがっただと？）

手配書まで用意しやがって、どれだけオレに執着しているんだと呆れてすらいたのに。

オスヴィンは、オレのところに来ねえで――シェリルを連れ去っていった。

馬鹿なオレは今になってようやく気がついた。オスヴィンの本当の目的は、オレじゃなくて、シェリルだったということに。

無情なことに、オレの手首に手錠がかけられる。

その重みが懐かしく感じるほど、つけられていたのが遠い昔の出来事のようだ。

ああそうだ。このままぼんやりしていたら、またこの忌々しい鎖に繋がれたあの場所へ舞い戻っちまう。

せっかく、シェリルが来てくれたのに。

せっかく、悪くない未来が描けたのに。

全部シェリルのおかげだ。アイツがオレにくれたものを、デガンのヤツらがへし折って、だめにしちまおうなんざ百年早え。

「お前はこっちだ。来い！」

ぐいっと腕を引っ張られる。歩け、ってことなんだろう。

クソッ、簡単に言ってくれやがる。こちとら、一歩歩くだけで激痛だっつうの。

オレは自分の周囲を見回して、小さく息を吐いた。

厳重な態勢だな。オレひとりに兵士十人。ハハ、それぐらいいねえと怖いってことなんだろう。

兵士たちに誘われ、大きな門の内部へ入る。門と鐘撞き塔が繋がっていることは知っていたが、少し歩くと天井の高い螺旋階段が続くフロアに出るのは知らなかった。

今の兵の配置を見るに、二階に誰か――おそらく、シェリルが連れていかれたのだろう。

でもって、オレは地下。アンナとキースは？　また別の場所か？

強く腕を引かれるけれど、オレは痛みに耐えながら、できうるかぎりゆっくりと歩いた。

そうして周囲の様子を目に焼きつける。

螺旋階段の横を通り抜け、石造りの回廊をさらにまっすぐ進むと、地下へ向かう階段が見えてくる。どうやらそのフロアは、少しだけ開けた場所になっているようだ。

狭い通路を抜け、オレの後ろを警備している人間が全員フロアに入ったことを確認する。

（さあ、いくか）

オレはレオルド・ヘルゲン。かつて〈赤獅子〉と呼ばれた男だ。

魔力が使えないくらいで、ただの兵士十人程度どうにもできねえほどヤワじゃねえ。

ふっと力を抜き、一気にしゃがむ。

オレの腕を掴んでいたふたりの男は、それに咄嗟に反応できなかったらしい。

ぐるっと足払いして相手を倒す。後ろの男には顎めがけて下から頭突きをかまして、ぶんと鎖の繋がれた両腕をひと振り。

「ウラァ‼」

「ぐあああ‼」

気合いの一撃で、一気に三人なぎ倒した。慌ててこちらを向いた男たちにもタックルをかます。

これで、すべての兵が昏倒した。

「――っし！」

チョロいもんだ。まだオスヴィンの〈隷属〉魔法も残っているし、大人しいからって、コイツら完全に油断していたな？

オレはやせ我慢をキメながら笑って、もと来た道へと足を進める。

が、大股で一歩踏み出した瞬間に、ソッコーくずおれそうになっちまった。

「――っ！　ってえな、オイ」

シェリルがいないってのは、それだけで本当にキツい。

さすがに麻痺弾の効果はほとんど切れていたが、そのせいか逆に、一歩進むだけでも激痛だ。こんなんで走った日にゃあ、それだけで全身が引き裂かれそうだ。

だが、それがどうした。その痛みは、オレの精神に直接与えられているものだ。痛みを感じるからって、動けねえわけじゃねえし、戦えねえはずもねえ。

シェリルを助けるまでの我慢だ。アイツをオスヴィンの野郎にくれてやるほうがよっぽど痛え。

アイツはオレの女だ。オレが護らねえで、誰が護るっていうんだ。

――男を見せるときだろ、レオルド・ヘルゲン！

「どきやがれっ！」

螺旋階段のあるフロアまで戻って、警備の男にタックルをかます。

よろめいたやつらを無視して、オレは螺旋階段を上っていった。

二階の、件のドアの前を警備していた男たちが慌てて剣を構える。丁度そこでドアが開き、現れた男がオレを見て、目を丸くした。

（――長い黒髪。へへ、オスヴィンの野郎め、なんてタイミングだ！）

やっぱり黒き神ってのは、シェリルに微笑んでいるに違いねえ。

オレを部屋のなかに侵入させまいと、急いでドアは閉ざされた。そしてヤツは、懐から魔銃を取り出す。が、オレがそれを撃つ隙を与えると思うか？

「うらあ!!」

先に前に出てきた兵士の攻撃を避け、オスヴィンのほうへ飛ばすように蹴りを入れてやった。

あっさりとオレに蹴倒された男に押されて、オスヴィンもよろめく。

「へへっ、覚悟しやがれ！」

つってもオレはもうボロボロだ。脂汗が滲み、まともに立っているのが奇跡みたいなもんだ。

だが、目の前にあのオスヴィンがいるとなると話は別だ。

よろけたオスヴィンに突っ込み、鎖で繋がれた両腕をぶんとひと振り。

「〈赤獅子〉ナメんな」

都合のいいことに螺旋階段の二階までは手すりがなく、オスヴィンはそのまま一階へと落ちていく。つっても、大した高さはねえからな、すぐに復活するだろうけどよ。

——さて、時間はあまりない。すぐに追手が押し寄せてくる。

だからオレはすぐさま目の前の扉を開き、部屋のなかに突入する。

ちらっと視線を走らせたところ、なかには男がふたり。だが、突然の侵入者と部屋の狭さに、コイツらもすぐに対処はできなかったらしい。

「ウラア!!」

ひとりは腹に蹴りを入れてなぎ倒し、壁にドタマをぶつけてやる。

もうひとりは腕をぶん回してよろめかせたあと、そのまま頭突きをくれてやった。

頭突きってのは、テメエの頭にも相当ダメージが来る。でも、痛みのせいで全身の感覚が麻痺しちまってるオレには、もはやそれもよくわからねえ。

男たちが意識を失ったことを確認してから、オレは部屋を見回した。

そして——目が合った。鉄格子（てつごうし）越しに。

黒曜石（こくようせき）のような綺麗な黒い瞳に、たっぷりと涙を溜めたアイツと。

「まーた、泣いてやがるのか？　もっかい頭ぶん殴（なぐ）るぞ？」

昔の話を当たり前のように出してみる。

今なら鮮明に思い出せる。

九年前に泣いていたコイツの頭を、オレが容赦なく叩いたあのときのことを。

「……やだよ。結構、痛かったのよ、あれ」

彼女もきっと、思い出したのだろう。呆（あき）れたように、でもなんだか嬉しそうに、そう答えた。

ほら、やっぱりあの記憶のガキはシェリルだった。オレはつられて喉（のど）の奥で笑う。

「くく、そうかよ。——ちょっと待ってな。すぐ、助けてやっから」

シェリルは両目に涙をいっぱい溜めながら、それでもオレの顔を見て、みるみる笑顔を取り戻していく。笑顔のコイツがいるだけで、オレまで笑顔になっちまうんだから不思議だな。

黒い瞳も、黒い髪も、思い出のなかのガキと同じ色彩だけど——今のシェリルにとても似合っていた。いつも幼く見える顔も、ずいぶんと大人っぽい気がする。

本当はそんなシェリルをもっと見ていたいけれど、今はコイツを連れ出すのが先だからな。

オレは倒した兵士の手から、シェリルを閉じ込めている鉄格子（てつごうし）の鍵らしきものを奪って、扉へと歩く。シェリルもパタパタと駆け寄ってくれて、鉄格子（てつごうし）越しにオレにそっと触（ふ）れてくれた。

本当に不思議だ。それだけで、痛みがふっと消えていくのだから。

「すごいね。レオルドはやっぱり、わたしのヒーローだね」

「はずい。あと、もうちっと腕、伸ばして、だな」

「うん」

オレの言葉の意図を汲んで、シェリルは鉄格子のすきまからなんとか身体を寄せようとしてくれる。……とはいえ、コイツも手枷を嵌められていて、満足に動かせねえみてえだがな。

それでも、オレたちは今までずっと、くっついてきた。

痛みを抑えるためってのももちろんあったんだけどさ。なんていうか、コイツの小さな手とか、細っこい腕とかさ――そういうのに触れるだけで、オレの心もなんだか落ち着くんだ。

カチ、と音が鳴り、鍵が外れる。そしてオレが鉄格子の扉を開いた瞬間、シェリルがオレの胸に飛び込んできた。

「レオルド……！」

「ン」

残念ながら感動の再会に割く時間なんざない。

とはいえ、しっかりシェリルのキスはもらう。

手枷があるから、お互い頭の上から腕を通して、そのままシェリルを抱きかかえた。

そしてすぐさま外へ出る扉に目を向ける。ちょうど追手が来たところらしい。

騒がしい外に向かって全力で駆け、部屋のドアを蹴破る勢いで開けてやった。

ゴッ！　と鈍い重みで、なかに入ろうとしていた追手がひとりふたり、吹っ飛んだのがわかった。

そしてドアの周囲にいる野郎どもも蹴りで螺旋階段の下に突き落とし、周囲の様子をざっと見る。

下にはうじゃうじゃ追手が来ていて、さっき突き落としたオスヴィンとも目が合った。

（にゃろう。あの様子じゃ、すぐ追ってくるな）

もうひとり近くの兵を蹴落として、丁度オスヴィンの上に落ちるように調整する。

ぐあっ！　とカエルの潰れたような声が上がった。ばっちり命中して、ついつい笑っちまう。

「しっかり掴まってろよ、シェリル」

「うん！　でも、アンナとキースは？」

「態勢を立て直してあとで助けるさ。行くぜ！」

オレはそう言って、螺旋階段をまっすぐ駆け上がりはじめた。

迷いはない。一か八かになるが、オレはコイツを信じているからな。

さあ、行くぜ……！

＊　＊　＊

レオルドが来てくれた、わたしを、助けに。

いつかのときと同じように……ううん、あのときはもののついでのような扱いだったけれど、今は違う。

目の前が真っ暗だったのに、彼の顔を見ただけで、すべてがうまくいくような気がするから不思議だ。

でも、泣いている場合じゃない。昔だってそうだった。わたしにできるかぎりでいいから、力を貸せと、彼は力強く言ってくれたのだから。

わたしを抱き上げたまま、レオルドはどんどん上を目指している。

逃げるなら下へ行くしかないはずだけど、彼にはきっと何か考えがあるんだ。

「レオルド、わたしは何を――」

「潜れ！」

わたしが問うたのと、彼が命じたのは同時。そしてわたしは、ぱちぱちと瞬いた。

――潜る。それが意味するところはわかる。

でも、あと少しとはいえ、今すぐどうこうできる状態じゃない。

戸惑うわたしに、レオルドは叫ぶ。

「魔力切れ起こしてぶっ倒れてもいい！　時間は稼ぐ！　だから、限界までどうにかやってみろ！　それでも無理なら、そんときゃ心中してやるさ」

「レオルド――」

「あと少しなんだろ？　オレだって、ひとりであそこまで動けるようになったんだぜ？　三日分だか四日分だか知らんが、とにかく試せ！」

「……こんなときに、博打？」

「勝算はそこそこあるだろ？」

「馬鹿」

呆れてものも言えないとはこのことだろうか。

勝算は、多分、すっごく低い。……でも、なんでかな。迷ったのは一瞬だった。

彼がここまで自信たっぷりに宣言してくれるなら、わたしは何も考えず、できることをすればいいんだって思わせてくれる。

「――全力で頑張ってくる。あとは、よろしくね」

「おう」

余裕を含んだ彼の返事にわたしも少しだけ微笑んで、彼の胸に顔を埋める。それから彼に身体を預けるように力を抜き、精神を集中させた。


こぽり。こぽり、こぽり。――これで何度目だろう。

彼のなかに潜るのはもうすっかり慣れてしまって、呼吸をするように簡単に、彼の意識の海へと落ちていく。

そこにはわたしが〈解いた〉星たちが、優しい光を灯して瞬いていた。

わたしが泳ぐと星たちもそっとそばに寄り添ってくれて、やがて、深い海の底――透明で巨大な扉のようなものの前へと辿り着く。

これが、レオルドの魔力を流しているところ。

はじめて潜ったときには見えなかったその扉は、今もしっかりと閉ざされ、鍵にあたる部分にはまるで紅蓮の炎のような灯りが宿っていた。

この扉に巻きついていた鎖を、毎日わたしは〈解き〉続けてきたのだ。

（でも、一日じゃ、これはとても……）

その扉に巻きついた最後の太い鎖を見て、途方に暮れる。

それでも、悩んでいる時間はない。レオルドはできると信じてくれた。縛られている本人が断言してくれているのだから、きっとあと少しだって信じるんだ。

わたしは覚悟を決め、その鎖に手を触れる。そしてぐっと魔力を押し込んだ。

通常の鎖と比べて、レオルドの魔力を封じる鎖はずっと太くて頑丈だ。簡単には引きちぎれないから、内部から少しずつ破壊していくしかない。

（急げ……急げ、シェリル・アルメニオ！）

時間はないんだ。ぼんやりしているうちに、表の世界ではレオルドが追いこまれていく。

ぐらりと、星が揺れた。

わたしの周囲で瞬いてくれている灯りのひとつが、パンッと音をたてて崩れる。

心臓が、跳ねる。地上で何かあったのだと焦る気持ちが膨らみ、わたしの魔力が不安定になる。

（だめ！　落ち着け。大丈夫だから！）

深呼吸する。何度も、何度も。

そして鎖と向き合って、一気に魔力を放出する。

――パキン！

よし、少しだけ反応があった。

鎖の一部にヒビが入り、ぱらぱらと表面が剥がれ落ちていくのを確認できる。

これまでずっと、削り続けてきたんだ。内部にダメージは蓄積していて、きっと、どこかで一気に崩れるタイミングがあるはず。

大丈夫。間に合う。間に合わせろ、シェリル。

――パキパキパキ、パキン！

また一本大きなヒビが走る。

これだけでも、わたしはすでにかなりの魔力を使ってしまっている。今までならそろそろ手を止めて、地上に戻る判断をしていただろう。

大きな不安が押し寄せる。

レオルドは、限界まで魔力を使って倒れても、助けてくれると言っていたけどさ。……彼はこの魔法を知らないからそんなこと言えたんだ。

限界まで魔力を使ったら、わたしは地上へ戻れなくなる。それをわたしは、生まれた瞬間から、本能で知っている。

〈隷属〉魔法というものは――誰かの心に入るということは、そういうリスクもあるんだ。

だからここから先は未知の領域。

わたしの魔力が尽きるのが先か、オスヴィンの鎖が崩れ落ちるのが先か。

（大丈夫。無駄な魔力を消費しなければ、あるいは……）

しっかり鎖に手をついて、わたしは念じる。

でも、魔力が少なくなってきて、まっすぐ引き出すのが難しい。

「レオルド……」

彼の名前を口にする。わたしに寄り添う周囲の星が、きらきらと強く瞬いた。

大丈夫、彼が護ってくれている。

この薄暗い海の奥底で迷子になっても、きっと、彼が連れて帰ってくれる。

魔力を放出する。全身の力を集めて、太い鎖に腕を回し、強く念じる。

さらに大きな亀裂が走り、そこから光が溢れはじめる。

魔力が枯渇しつつあり、同時にわたしもその場にくずおれた。

「は……ハァ……ハァ……」

身体が震える。まともに立っていられなくてわたしは手を握りしめた。

あと少し。あと少しなんだよ？

でも、だめ。わたしのなかはもう空っぽで、あと少しが断ち切れない。

その場に倒れ込むようにして、わたしはぼんやり視線を上に向けた。

ゆらゆらと、扉の鍵が炎のように輝き、赤や、ピンクや、オレンジに揺らめいて色彩を変えている。それはまるでレオルドの魂のようで。

（きれいだな……）

わたしはもう地上に戻る元気もなくて、でも、その綺麗なものに触れたくて手を伸ばす。

けれど、それにはがっちりと太い鎖が巻きついていて、届かない。それでも、揺らめく炎の先に、チリ、と少しだけ指先が触れた。

「……っ」

まるで焼きつくような熱さを感じたのは一瞬。わたしが炎に触れた瞬間、ゴウ、と一気に大きくなる。

やがてその炎は、鎖も、そしてわたしの身体さえも呑み込むようにして、爆発的に膨れ上がった。

「！」

わたしは呆然としたまま、その光景をただただ見ていた。

わたし自身も焼き尽くし――ううん、包み込み、内側に入り込んでくるその炎は、荒々しい見た目をよそにとても温かかった。

わたしという器を満たしながら、わたしがどちらに進めばいいのか教えてくれるような。

「レオルド」

名前を呼ぶと、ゴウ、とその炎が反応する。

「……ふふ」

こんなところでも、あなたはわたしを支えてくれるの？

わたしの力を頼りにしてくれて。使えるものは全部使えと発破をかけてくる。

「あはははは」

馬鹿。そんなことされたら、わたし、頑張っちゃうじゃない。

（あと、少し）

ヒビの入った太い鎖にぎゅっと身を寄せる。

深い海の底、水は渦巻き、星が瞬き——わたしの周囲をぐるぐる回る。

炎はわたしを包み込み、眠っている魔力はここだと教えてくれる。

胸の、奥の、ずっとずっと深いところ。

知らなかった。そこにまだ、わたしは魔力を溜め込んでいたらしい。

お腹に力を入れて、鎖を睨みつける。黒い髪がふわりと靡いて、さらなる魔力が放出した。

鎖の内部に楔を打ち込むと、そこからヒビが広がっていく。

広がれ。広がれ。もっと、広がれ——！

ピシピシピシ、と音がする。その音を聞きながら、わたしはもっと強く魔力を流し込んだ。

大丈夫。わたしならできるって信じてくれたから、彼は任せてくれたんだ。

やがてヒビはもっと大きくなり、鎖全体に広がった。

そして次の瞬間。振り絞ったわたしの魔力で、最後の鎖が、断ち切られた。

「っ——！」

やった。……でき、た。

でも、わたしはもう動けなくて、ぐらりとその場に倒れる。

このまま、眠っちゃったら、きっと帰れない。わかっているけど指一本動かせなくて、わたしは目を閉じようとする。

（できたよ、レオルド？　でも――）

地上に戻るのは、難しい、かも。

ふふ、って笑いが漏れちゃうのは仕方がないよね。だって、すごく頑張ったんだよ、わたし。

でも、きっとレオルドは褒めてくれないんだろうなあ。ちゃんと、地上に戻らないと、彼はきっと認めてくれない。

（やだな）

レオルドに、会いたい。

彼の精神のなかで漂うんじゃなくて、ちゃんと、お話しして、抱きしめて、笑い合ってさ――

（やだよ、レオルド）

でも、わたしはもう限界で、勝手に瞼が下りていく。このままわたしは深い眠りにつき、彼の精神のなかで永遠の迷子になるのだろう。

期待に応えられなくてごめんねって、心のなかで謝る。

――そのときだった。

眩い光が届いて、否応なしにわたしは目覚めさせられる。

断ち切られた鎖が砂のように消え去り、扉が開く。そこに溜め込まれていた圧倒的な彼の魔力が、一気に外側に流れ出てきた。

まるで堰き止められていた川が開放されたように、わたしの身体を押し流す。

抵抗する力なんてまるでなくて、わたしはその流れにただただ身を預けた。

激しい流れなはずなのに、温かくて、優しくて、きらきら輝いている。

（ああ、レオルド――）

彼は約束通り、ちゃんとわたしを助けてくれる。

（やっぱり、あなたはわたしのヒーローなの）

手を伸ばす。光の先へ。

そして導く向こうは――まばゆく輝く、真っ白な世界！


「……っ！」

わたしはハッと目を開いた。

ああ、世界が明るい。

ダンッ、ダンッ！　と大股で階段を駆け上がるこの人に抱かれて、すごい振動が全身に伝わる。

薄暗い螺旋(らせん)階段を上りきり、最上階に辿り着く。

抜けるような青空に大きな鐘が映(は)えていて、わたしは驚いて身体を起こした。

「でかした、シェリル！」

大きな手で頭をなでられ、顔を上げる。すると、赤銅色(しゃくどういろ)の髪と燃えるような赤い瞳が目に入った。

魔力が解放され、力に満ち満ちた彼は、わたしの色彩の魔法も吹き飛ばしてしまったみたい。

同時に、自分の手枷(てかせ)すらも引きちぎってしまったらしい彼は、ニカッと笑ってさらに明るい向こうの空に目を向ける。

「さ！　行くぜ、しっかり掴まってろよ？」

彼がそう叫んだ次の瞬間、わたしたちは鐘撞き塔の最上階から飛び降りていた！

突然全身を襲う浮遊感。

一切の躊躇なく飛び降りたらしく、地面がものすごい速さで近づいてくる。

「きゃあああ――！」

「くくくっ」

思わず悲鳴をあげるわたしに、レオルドは何かの魔法を吹き込んだ。

……ああ。わたしはこの魔法を知っている。これは身体を強化し、衝撃を和らげるためのものだ。

「大丈夫だ。やっぱ心中するにゃあまだ早い」

「レオルド――」

強気なレオルドの言葉に心を震わせると、彼は一転してふざけるように笑った。

「それに、まだまだお前とヤり足りねえしな？」

「も、もう！」

「ハハッ！　ま、お前はそうやってぷりぷりしてろ。魔力さえ取り戻しゃあこっちのモンだぜ。あっという間に終わらせてやるからな？」

そう言ってくしゃりと笑う彼の顔を見ているだけで、胸が温かくなるから不思議だ。

絶対大丈夫だと思わせてくれるから、彼はすごい。

――カァーン！　カラァーン!!

非常事態を伝える鐘が鳴る。

「きゃー！」

「人が落ちたぞ！」

地上からは悲鳴に似た呼びかけが。

でも大丈夫。わたしは精一杯レオルドにしがみついて、彼の頬にキスをする。

「勝利の女神の祝福ってか？」

「そんな大げさなものじゃないけど。やっぱり、レオルドはわたしのヒーローなんだから」

「くくっ、愛してるよ」

「！　馬鹿、こんなときに……」

文句を言う余裕もなく、地上に辿り着く。

落下地点からは一目散に人が逃げていて、ぽっかり空(あ)いた場所にレオルドは着地した。

彼の魔法のせいか、わたしも着地の衝撃をまったく感じることはない。

そしてすぐに、彼はそのままの勢いで大きく跳躍した。

彼が得意とする魔法は〈身体強化〉魔法。人々の頭の上を軽々と飛び越え、宙でくるりと回転。

そのまま鐘撞(かねつ)き塔の入り口に向かって走る。

当然、向こうからはレオルドの存在を見つけた兵たちが、慌(あわ)てて駆けつけてきた。

「行け！　取り押さえろ！」

一斉に攻め込んでくる兵士たちに、レオルドは不敵な笑みを浮かべる。

そして彼はわたしを抱えているにもかかわらず、軽い身のこなしで押し寄せる者たちを蹴倒していった。

でも、相手も数が数だ。わたしたちはすぐに取り囲まれてしまい、四方から剣を振り下ろされたかと思うと――

「シェリル、じっとしてろよ？」

彼は躊躇なく、わたしを真上に、高く放り投げた。

「きゃあああ！」

突然の浮遊感に、思わず叫んでしまう。

一方のレオルドは余裕の表情で、一気に全員を相手した。

ひとりの男を掴んだかと思うと、その人を武器代わりに振り回し、他の兵たちをなぎ倒す。そして落下するわたしをキャッチして、残った兵を片付けていく。

圧倒的すぎた。武器の有無なんて関係ない。

だってレオルドは〈赤獅子〉。生身で竜と戦えると言われた男が、ただの人間に後れをとるはずがない。

「〈赤獅子〉？　えっ、あれ、〈赤獅子〉じゃないか⁉」

「すげえ、かっこいい！」

手配書は回ってるはずなんだけど、人というものは圧倒的な強さに憧れてしまうものだ。

人々はたったひとりで大勢の兵士をなぎ倒す男に釘付けになり、興奮して声をあげる。レオルドもレオルドで手を振って応えるものだから、周囲はまるでお祭り騒ぎだ。

こうなってくると、今度はなんの騒ぎだと野次馬が増えて、結果として緊迫感は消え、ただの見世物のようになってきた。

「うっし！　テメエで最後だな！」

最後のひとりを蹴倒して、レオルドはあっという間に門の前を制圧してしまった。

周囲には倒れた兵士たちが死屍累々と積み上がっているけれど、レオルドは汗ひとつかいておらず、鐘撞き塔の上に目を向ける。

「あの野郎もそろそろ降りてくるか？　ハハ、オレと違って体力ねえからな」

「レオルド、すっごく意地悪な顔してる」

「ハッ、あの野郎には世話になったからな。仕返しだ。——それより、ほら」

パキンと、いとも簡単にみんなの前でわたしの手枷を壊したレオルドは、ちゅ、ちゅ、と口をすぼめて何かをねだりはじめる。

「オレがお前を誘拐したわけじゃねえってこと、しっかり見せつけてやれ」

「えっ」

「オレはお前のヒーローなんだろ？」

似合わないウインクをバチンとしてみせて、レオルドはわたしを天にかかげるように、ぐっと高く抱き上げる。

レオルドを見下ろす形になったわたしは、周囲の人たちの視線が集まるのを感じた。

「おおー！」

「やれやれー！」

目の前の活劇を楽しんでいた人たちは、当然のことながらレオルドの味方。

レオルドは堂々としたもので、しっかり周囲に聞こえるような大きな声で、朗々と呼びかけた。

「シェリル・アルメニオ？　お前を救ったオレに、褒美（ほうび）はくれないのか？」

「う、ううー……ずるいよ」

「顔を真っ赤にして、なんだよ？　ほら、周りのヤツらも期待してっぞ？　頑張ったヒーローを労（ねぎら）ってはくれないのか、オレの女神？」

「……ううっ」

じっと熱っぽい目で見つめられて、ぐらりとこないはずがない。

彼の肩に手を置き、彼の燃えるような瞳に吸い込まれるように顔を寄せる。そして目を閉じ、彼の唇にそっと口づけを落とした。

わっと周囲から歓声が湧き上がる。

思わぬ祝福を浴びながらわたしたちは抱きしめ合い、そっと唇を離した。

気恥ずかしいけど、目が合うと彼が優しく微笑み返してくれるものだから、胸が熱くなる。

——カラン！　カラァーン！

警戒を呼びかける鐘は、まるで祝福の音色のよう。

気がつけば二回目のキスを誘われていて、大歓声のなか、互いの無事をたしかめあった。

よかった。本当によかった！　これにて大団円！　……となるはずも、なく。

バン！　と勢いよく塔のドアが開かれたかと思うと、空気の読めない男たちがぞろぞろと外に飛び出してきたんだよね。

もちろん、その最後尾には肩で息をする黒髪の男もいる。

「〈赤獅子(あかじし)〉！　貴様……っ!!」

「んー？　この程度で息、上がってんのか？　もともとない体力が、年食ってますます足りなくなったんじゃねえか、オスヴィン？」

「うるさい！　貴様のように脳みそまで筋肉でできてるような馬鹿とは違うんだっ!!」

オスヴィンはきっと全力であの階段を駆け下りてきたのだろう。息を荒くしながら、自慢の黒髪をかき上げ、こちらを睨(にら)みつけてくる。

「その娘を返せ！　貴様、シェリル・アルメニオだけでは飽き足らず、わが国の秘蔵の〈隷属〉魔法使いをもその手にかけようとするのか！」

「ハァァ？」

レオルドは意味がわからないとばかりに声をあげる。

あー……間が悪いってこういうことを言うんだね？

オスヴィンってば、丁度、今の流れを見てなかったからね。

今の状況を客観的に見るとさ、レオルドがシェリル・アルメニオっていう黒髪の娘に、思いっきり、その……告白的なことをして、わたしも応えたばかりなわけじゃない？

場違いもいいところなオスヴィンのセリフに、野次馬もみんなして、口をぽかんと開ける。

レオルドなんか耳の穴をほじほじして、はあああ？ ともう一度訊ねた。

「なあ。アイツ、頭大丈夫か？」

「なんだかね。わたしを死んだことにして、別の人間としてデガンに仕えさせたかったんだって」

わたしがこっそり教えてあげると、レオルドは一気に顔を険しくした。

「んだと⁉」

「ほら、髪色がさ――」

だからわたしは、あえて公衆の面前で髪を茶髪に染め上げる。

この魔法だけは呼吸するようにできるから、魔力の足りない今でもどうにかなるものね。

そしたら当然、おおおおお、って、みんなが注目するのがわかった。

わたしは笑った。

(不思議だね)

黒い髪。あるいは黒い瞳。それは〈隷属〉の魔法使いである証。

女の魔法使いに生まれたわたしは、ただでさえ誤解を受けるような存在だ。

そのうえ人を縛ることができる〈隷属〉魔法の使い手だって知られた日には、みんなにどう思われるのか――不安にならないはずがなかった。

家の方針で、物心がついたときから、本当の色彩、本当の自分をずっと隠していたしね。

だから黒の色彩は、わたしの臆病な心の象徴でもあったのだ。

オスヴィンに脅されて、閉じ込められたときは、世界が終わってしまうかのように感じた。

あのとき、レオルドが来てくれなければ。あるいは、人々に知られる状況がちょっとでも違ったら。わたしはまだ、臆病なままだったかもしれない。

(あなたは、いつも勇気をくれる)

レオルド、あなたがいるからだよ?

あなたの隣ならこうして、わたしは堂々と笑っていられるの。

「わたしは、シェリル・アルメニオ! フォ＝レナーゼの〈結び〉の魔法使いで――」

再び、色彩をもとに戻す。本来の、黒い色に。

「――黒き神の祝福を受けた魔法使い」

〈隷属〉魔法なんて言葉は正しくない。わたしの魔法はもっと、幸せな形でありたいから。

「神に誓って、真実を話すわ。レオルド・ヘルゲンはずっとわたしを護ってくれていた。この手配書にあるように、誘拐したなんて大間違い! オスヴィン・オルトメイア。あなた〈隷属〉魔法の使い手だからって、誰でも簡単に縛って使役していいとでも思っているの?」

懐から、ずっと持っていた手配書を取り出して、みんなの前にかかげる。

当然この街の人々もその手配書の存在は知っていたらしく、ざわめきは広がっていく。

群衆は、固唾をのんでわたしたちの様子を見守っていた。

「うるさい! リズ、あなたはこちらの人間でしょう!? そこの犯罪者といても未来はない。レオルド・ヘルゲンは悪しき存在だ」

オスヴィンの言葉に、レオルドは首をひねってわたしを見る。

「はあ？　リズ？」

「ほら。さっき偽名名乗ったでしょ？　東門のとこで。なんだか採用されちゃっててさ」

……なんて、ヒソヒソとレオルドと情報を共有していると、オスヴィンの怒鳴り声が聞こえてきた。

ふふっ、レオルドといると、緊張感がなくなっちゃうからさ。なんだかごめんねと苦笑しちゃう。

でも、気持ちを緩めるのはまだまだ早い。

言い争いをしているうちに、塔から下りてきた兵たちや、別の場所から合流した兵たちがわたしたちの周囲を取り囲んでいる。

魔法で〈身体強化〉をしたレオルドだったらすぐに制圧しちゃいそうだけれど、それじゃあ根本的な解決にならないものね。

「あなたがシェリル・アルメニオだという証拠などないでしょう？　黒髪の娘よ。偽るのはやめなさい。今ならまだ間に合う。国に反逆する意思がないなら今すぐこちらに来なさい」

「ハッ、やるのか、コラ？」

どうやってでも、オスヴィンはわたしをシェリル・アルメニオじゃない誰かにしたいらしい。

レオルドもわたしを抱き寄せたまま、オスヴィンたちを睨（にら）みつけた。

このままじゃ一触即発（いっしょくそくはつ）、やっぱり力で切り抜けるしかないの？　と思った、そのとき。

「あー、もし。そこの君たち」

後ろからとても聞き覚えのある声がした。だからわたしはぱっと振り返る。

小柄な男性が人垣をかき分けて、そこにひょっこりと現れた。

「……！」

胸の奥がぐっと熱くなる。

人好きのする笑顔に、こんなに安心するなんて。

「――お父さま」

何度も一方通行の手紙は送っていた。

でも、やっぱりすごい。こんなところまで、本当に迎えにきてくれた。

「いやあ、すごい騒ぎだね。ほら、私は関係者だって言ったろう？　通してくれたまえ」

ピシッとしたスーツを身につけたお父さまは、にっこりと、でも有無を言わせない表情で周囲に呼びかける。

人垣がざっと左右に分かれ、後ろに連れた護衛と一緒に歩いてきて――なんだか見知らぬおじさまも隣にいるみたいだけど、あれは一体誰だろう？

わたしが不思議に思っているなか、お父さまはこちらに近づいてきて、レオルドを見た。

「隣の彼がヘルゲン君かい？　――いやあ。彼を迎えにきただけなのに、とんでもないことになってるね、シェリル」

「お父さまがわざわざ迎えにきてくれたの？」

「そりゃあ、可愛い娘が攫(さら)われたとあっては、来ないわけにはいかないだろう？　まあ、攫(さら)われたっていうのもデマのようだけれどもね」

にっこりと笑いながら、お父さまはオスヴィンに視線を向ける。

「――さて。デガン王国のオスヴィン・オルトメイア殿とお見受けする」

挨拶もそこそこに、お父さまはわたしたちの横を抜けて、オスヴィンのほうへと向かっていく。

突然の乱入者にレオルドもオスヴィンも戸惑いを隠せないらしく、目を白黒させていた。

わたしはレオルドの腕をギュッて握って、大丈夫、って告げる。

だってお父さまってば、普段は親馬鹿大爆発なすっごく格好悪い人だけど、家の外に出たらそれなりにちゃんとしてること、知ってるもの。

「私はフォ＝レナーゼの〈銀星商人〉ジェレム・アルメニオ。そしてこちらが――」

「フォ＝レナーゼ外交部一等官ウィリアム・アルバートです。こちらの国には、頭領ジョージ・スピアラーの遣いで伺いました」

ここで、隣のおじさまがはじめて名乗りをあげた。

外交部の人ってことは、お父さまのお友達ではなく、国からのお仕事で来ているってこと？

（スピアラーおじさまが手配してくれたんだ！）

いろいろ事情が見えてきて、安堵する。どうやらアルメニオ家だけでなく、国のほうからもいろいろ助けてくれるつもりらしい。

レオルドはたしかに強いけれど、相手はデガンという大きな国。フォ＝レナーゼが国として助けてくれるなら、これほど心強いことはない。

念のために頭領であるスピアラーおじさまにも手紙を送っておいてよかったと、ほっとする。

ウィリアムと名乗った男性がわたしたちの横に並んだ。そして、不思議そうに小首をかしげる。

「都の王城まで伺う予定だったのですが、なにぶん、通りかかったこの街でこの騒ぎ。しかもアルメニオ家のお嬢さままで巻き込まれているではありませんか。さすがに、素通りするわけにもいかず……それで？　シェリル嬢が何か？」

フォ＝レナーゼでそれなりの地位やら権力やらを誇るふたりの人物に詰め寄られ、オスヴィンはますます狼狽えた。

そりゃそうよね。わたしのお父さまの目の前で、わたしがシェリル・アルメニオじゃないなんて、いくらなんでも押し通せないでしょ？

だからわたしも、おじさまたちの小芝居に乗っかることにした。

「その方、どうやらわたしを別の誰かと勘違いしているみたいなの」

「ふむ。娘が攫われたとあったから心配していたのだが、何か誤解があったようだね？　そもそも娘とヘルゲン君とは知己の間柄でね。彼が奴隷に堕ちたと噂を聞きつけた娘が、彼の地位を復帰させようと迎えに行っただけなのだが」

「今やヘルゲン君もわが国――フォ＝レナーゼの人間だからね。まさに私も、彼が冤罪で賞金首にされていることに抗議に向かうところだったのだが……ここで出くわしたのも神のお導きか。して、オルトメイア殿？　シェリル嬢とヘルゲン君が何か？」

お父さまたちの言葉に、わたしはハッとする。

今、彼はなんと言った？　今やレオルドがフォ＝レナーゼの人間？

――冗談でこんなことを言うような大人たちではない。

わたしは、お父さまが先手を打ってくれていた事実を知り、両目を見開く。隣ではレオルドが驚いたように何かを言いかけて、やめていた。

だから、わたしはレオルドに笑いかける。

もう大丈夫だよ。わたしたちは護られてるんだよって伝えるように、しっかりと。

「ちょっと待て！　いつから〈赤獅子〉は貴様のところの人間になった！　あの男は奴隷だ！　デガンの――」

「オルトメイア殿」

狼狽えるオスヴィンにウィリアムさんが呼びかける。そして間を空けず、強い口調で告げた。

「まずはひとつ。貴殿は外交官ではないとはいえ、この国の顔となる人物であることは我々も重々承知している。そのような立場のあなたが、わが国を『貴様のところ』とおっしゃるか」

あまりに冷静なツッコミに、オスヴィンは一歩後ろに下がる。

「それから、他国の法や風習にどうこう言うつもりもないのだが――ヘルゲン君は奴隷の身分だとあなたはおっしゃった」

「そうだ！　こいつはわが国の所有物。勝手に貴国には――」

オスヴィンの言葉を遮って、ウィリアムさんは再び口を開いた。

「貴国は奴隷の売買を国家間で認めている。シェリル嬢が貴国の奴隷商人とやりとりした時点で――実に不愉快な表現ではあるが――売買契約はすでに成立しているはず。そして、受け入れ先のわが国は奴隷制度がない。だが、ヘルゲン君の能力や功績を非常に評価しているからね。当然、まっとうな国籍を用意させてもらったよ。だからヘルゲン君、君は胸を張って、わが国に帰って来るといい」

あえてレオルドに向き合ってにっこりと笑うウィリアムさんに、レオルドは驚きながらも、少し気恥ずかしそうにこくりと頷く。

「待て！　待て!!　わが国の許可なく、勝手に国籍を書き換えたのか!?　〈赤獅子〉は――」

「むしろ、なぜ許可が必要なのかと問いたいくらいですが？」

声を荒らげるオスヴィンに、ウィリアムさんはだめ押しと言わんばかりに向き直った。

お父さまもその隣でうんうんと頷き、ウィリアムさんに続く。

「そもそも、ヘルゲン君はこの国出身ではない。騎士の位は奴隷に堕とされた際に綺麗さっぱり剥奪された。そしてこの国では奴隷には国籍どころか戸籍も与えられないのでしょう？　この条件を並べられたうえで、どうしてあなたは、ヘルゲン君がデガン王国の人間であると主張できるのです？」

不思議ですねえ、と、わが国の大人たちはふたりしてわざとらしく小首をかしげている。ちょっと可愛く見えるように、きょろっとした仕草なのがなんとも憎たらしい。

正論を突きつけられ、オスヴィンはぐうの音も出ないらしい。口を何度も開け閉めしている。

でも、やり込められてばかりいる彼でもないみたい。

ぐ、ぬぬぬ、とうめいたあと、オスヴィンはわたしたちを睨みつけた。

「うるさい。ここはデガンだ。しかも相手がこの私、オスヴィン・オルトメイアだということをわかっているのか？」

そう言って、わたしたちに大型の魔銃を突きつける。

「なんと言おうが、縛ってしまえばこちらのもの。皆、フォ＝レナーゼの者たちを捕らえよ！」

彼は周りの兵士に命じると、躊躇なくそのトリガーをひいた。

パン！　と強い光を放って、その魔銃から何かの魔法が解き放たれる。

当然、わたしひとりじゃ避けることなんてできない。わたしのお父さまも、ウィリアムさんだってそう。――だけどね。

「ハッ！　効くかよ、こんなへなちょこ！」

こっちには、魔力が解放された〈赤獅子〉がいるもの。

彼はニカッと楽しげに笑って、あっさりとその攻撃を空へ弾く。

……というか、魔銃の魔法って弾けるんだね。はじめて知った。

「オスヴィンちゃーん？　この辺でやめといたほうがいいぜ、マジで」

「っ！　うるさい！　うるさいうるさいうるさいうるさいっ！」

――バンッ！　バン、バン、バン、バンッ！

次々と放たれる魔法を、レオルドは容赦なく弾いていく。

そのなかの一発をあえてオスヴィンの足もとへ弾き返したとき、オスヴィンは見たこともないような顔で狼狽え、後ろに下がった。

彼だけではない。デガンの兵士たちの誰もが、レオルドたったひとりに立ち向かえなくて二の足を踏んでいる。

レオルドは余裕綽々な表情で、オスヴィンを見据えた。

「これでもよ、穏便に解決しようとしてんだ、こっちは」

「うるさいっ、この奴隷めっ」

「もう奴隷じゃないらしいぜ？　つーか〈隷属〉魔法は破られた。普通の魔法も効かねえ。でもって、単に力比べじゃ絶対勝てねえ。……オスヴィン、アンタさ、今のオレとシェリルをどうこうできるなんて思ってるのか？」

「っ……！」

ぐっと言葉を詰まらせたオスヴィンに、レオルドは告げる。

「願いはひとつだ。オレたちはフォ＝レナーゼに帰りたい。オレと違ってシェリルは寛大だし、根も曲がっちゃいない。テメエらが黙ってオレたちを行かせてくれりゃあ、報復なんて考えねえような女だぜ？　……な、オスヴィン。いいかげん、手を引いてはくれねえか？」

レオルドが一歩前に出た。

彼はわたしを離さない。だから、わたしも一緒に前に出る。目の前にどれだけ敵の兵がいても、オスヴィンが魔銃を手にしていたって、レオルドがいれば怖くない。

「ヒッ……来るな、こっちに、来るんじゃないっ」

彼は何度も何度も、魔銃を撃つ。

「やめろっ！　やめてくれっ」

オスヴィンの目は恐怖で満ちていた。レオルドが何を言おうとも、彼の耳には届かない。

オスヴィンは〈隷属〉魔法使い。人の心を魔法で縛り続けた魔法使いには、野に放たれた〈赤獅子〉の思いは響かない。

彼はきっと、レオルドが報復するはずだと信じて疑わないのだろう。

オスヴィンは怯えたまま魔銃を撃ち続けて――やがて弾が切れた。

「あっ、あ、あああああ」

彼は慌てて弾を替えようとしたけれども、それを黙って見ているレオルドではない。

彼はわたしを抱きしめたまま前へひとっ跳び。オスヴィンの目の前までたったの一歩で詰めて、彼の魔銃を奪う。

「これで終わりだ」

「っ……！」

「バンッ!!」

奪った魔銃を相手のこめかみに突きつけて、トリガーを引く。

もちろん弾なんて残っていない。けれどもレオルドのひと声で、オスヴィンは白目を剥いて倒れてしまった。

「――んだよ。弾切れしてんの知ってたくせに。情けねえ」

レオルドはため息をつきながら、周囲で呆然としている兵に向かってオスヴィンの魔銃を投げる。

兵士は目を白黒させながらも両手でそれをキャッチし、慌てて身構えた。

「何もしねえって。オスヴィンの野郎が撃ってきたから止めただけ。それとも、アンタらもオレの相手になるか？」

「それは――」

レオルドは口籠っている兵士に首を横に振ると、周囲を見回す。

「オスヴィンの次にエラいやつ、どいつだ？　話をしようぜ。まあ、そういうのはオレは得意じゃないから、シェリルか……あー、お前のとこの」

「お父さまかウィリアムさん？　適任ね」

わたしが言うと、レオルドは肩をすくめる。

「頼むわ」

一時休戦。っていうより、デガン側は下手に手が出せなくなったって感じかな。

ここでちゃんと話がついたら、わたしもレオルドも、そろって国に帰れる。

胸をなで下ろして、わたしはレオルドに寄り添った。

＊　＊　＊

「本当によろしいのですか？　我々で馬車を手配いたしますが」

デガンの兵たちにそう問われたけれど、わたしたちはそれを断った。そのまま馬車に乗せられて、どこかもわからない場所に連れていかれたら困るものね。

無事に決着もつき、アンナとキースも解放してもらって、ようやくわたしたちは橋の西側へ向かうことになった。

これから先のわたしたちの話、そしてデガン王国がレオルドに冤罪をかけたことについては、ウィリアムさんが都まで行って、きっちり話をつけてきてくれるらしい。

万一のため、魔法使いが必要なら付き添おうかと申し出たけれど、実は護衛にひとり雇ってたんだって教えてくれた。

鐘撞き塔の下で争ってたときは全然そんな存在感じなかったのにね？　最後の手段は隠すものなんだなって、わたしもレオルドもそろって感心してしまった。

ウィリアムさんとはそこで別れて、わたしはみんなと一緒に橋を渡る。

街を東西に分断する大河に夕焼けが映えて、きらきらと輝いている。その綺麗な光景にうっとりしながら、わたしはわざとゆっくり歩いた。

この橋さえ渡ったら商会は目と鼻の先らしいし、せっかくのこの光景を目に焼きつけておきたかったから。

レオルドと繋いだ手があったかい。

彼はわたしに歩調を合わせてくれていて、少しじれったそうだ。

ふふっ、普段だとわたしを抱き上げてひょいひょい歩いていっちゃうものね。

彼を縛る鎖を〈解いた〉今、わたしたちはもう、くっついている必要はなくなってしまった。

それなのに、今みたいに手を繋ぐだけじゃ距離も面積も足りなく感じちゃうのは、なんでだろうね？

　ふとレオルドの目が見たくて顔を上げる。

　どうやら彼もわたしのことを見つめていたらしく、夕焼け空と同じ色の瞳とかちあった。

「それっぽい観光、できちゃったね」

「ああ」

「たくさん、思い出もできたし。うん、満足かな」

「あんなことがあったあとなのに、お前、現金だな？」

　顔を見合わせ笑い合ったところで、ブツブツと前方から声が聞こえてくる。

「なんだよなんだよう」

　あーあ、お父さまってば。外だっていうのに、身内に囲まれているせいか地が出ちゃってるね。

　石ころを蹴っ飛ばしてご機嫌斜めなお父さまを見て、わたしは肩をすくめる。

　一方のレオルドは、わたしとは全然違った様子だ。

「なあ、親父」

「へ？」

　前を歩くお父さまをいきなり父親と呼ぶレオルドに、わたしもお父さまも目を丸くする。さっきまではデガンの兵に囲まれていたから、ふたりがちゃんと話をするのはこれがはじめてなんだけど……

　レオルドがわたしの手を離して前に出る。

そしてひょいひょいと長い脚でお父さまに追いつき、横に並んだ。

「フォ＝レナーゼに帰ったらさ、適当な仕事回してくれねえか。身体動かすのだけは得意だからよ。護衛よりも討伐案件が向いているが、報酬がよければなんでもいい」

「は？」

「とっととまとまった金がほしいんだわ。まあ、親父が回してくれないってんなら、ギルドに行ってもいいけどよ。その金も最終的にシェリルのとこにいくからな？　割がいい案件のほうが、親父も安心だろ？」

「へ、は？　何を」

「何をって……いや。シェリルもらうのに金がねーんじゃ親父も心配だろ？　すぐにそれなりに稼ぐつもりだが、アンタんとこ、もともとが金持ちだから、半端な値を稼いでもな」

「え……あ……」

唐突な話題に、お父さまは口をぱくぱくさせている。

一方のレオルドはまるで本当の身内に話しかけるみたいに、ごく自然な態度で問いかけた。

「おい、どうしたよ、そんなぼーっとしてよ」

「いや……その、親父、とは」

「親父は親父だろ。シェリルの父親なら、オレの親父も同然だし」

「は」

挨拶（あいさつ）もなく、いろいろすっ飛ばしたうえで当たり前のように言う彼に、お父さまはとうとう歩みを止めてしまった。まじまじとレオルドの顔を見ながら、口の端をひくひく動かしている。

（あ、お父さま、混乱してる）

これ、すっごく珍しい表情だ。夕日とは別に、お父さまのお顔が赤い。

「君にっ、きみにっ……」

怒りか、照れか、それとも両方か。お父さまは大声をあげた。

「君にお父さまって呼ばれる筋合いなんか、まだないもんね――っ!!」

あはは、口調が完全に身内に対するものだね。

「そう言うなよ、親父。オレはシェリルに惚れてんだ。幸せにしてやりたいから協力してくれ」

「キイイイそれは私の役目だったのに！」

「じゃ、オレに交代だな。任せとけって。ちゃんとシェリルに贅沢させてやれるよう稼いでくるし、なんなら親父んとこの仕事も手伝うつもりだからよ」

「なんだよ、いい格好して、このこの！　ロクデナシって報告は聞いてるぞ！」

「あっはっは。隠せないよな。――まあ、ロクデナシだよ。でもそれはシェリルも承知の上ってな？　あ、そこそこまともな人間にはなるつもりだから、そこんとこよろしく」

ムキーッと言い返すお父さまを受け流しつつ、レオルドは爽やかに笑った。

男性にしては小柄なお父さまの身長は、レオルドと並ぶと彼の肩にも満たない。まるで大人と子供みたいな身長差で、バンバンとレオルドに肩を叩かれて、お父さまは大げさに仰け反っていた。

やいやいと言い争いをはじめるふたりを見て、わたしの頬も緩む。

まさか、こんな光景が見られるとは思わなくて、ふたりの背中が眩しく感じた。

「よかったですわね、お嬢さま」

「アンナ――」

いつの間にか隣に並んでいたアンナは、わたしに微笑みかける。

「うふふ、旦那さまったら、必死ですわね」

「いい年した大人なのにね」

ふふふ、とわたしたちも笑い合う。

レオルドが隣にいないけれど、不思議と寂しさは感じなかった。

彼はまるでわたしの本当の家族みたいに、お父さまともちゃんと向き合ってくれる。そのことがたまらなく嬉しい。

気がつけば、わたしもパタパタと早足になっていた。

前を行くふたりに追いついて、レオルドとふたりでお父さまを囲んで、にっこりと笑う。

「お父さま、わたし、この人を――レオルド・ヘルゲンを婿にします！」

そうやって堂々と宣言したらね？

お父さまってば、そのままその場に卒倒しちゃった。

慌ててレオルドに支えられて、頬をぺしぺし叩かれたけれど、ううむとうなるだけで現実に戻ってくる様子はない。

お父さまの直属の護衛が駆けつけてきたけれど、レオルドはそれを制止して、わざわざ自分でお父さまを担いだ。

「まあ、まずは親父の説得からかな」

「そうだね」

わたしとレオルドはくすくす笑い合って、橋の向こうを目指した。

夕日がゆっくりと沈んでいき、世界は藍色の空に包まれていく。

それはとても優しくて、とてもあたたかな日々の始まりだった。


ようやく辿り着いた宿の部屋のドアを閉めると、わたしたちはとうとうふたりきりになれた。

アルメニオ商会のイーサム支部の隣には、商会と契約している宿がある。だから今晩はそこに泊まることになったのだ。

「シェリル」

「ん……」

ランプの明かりが灯る広い部屋で、互いの存在を確かめるように、レオルドが口づけを落としてくる。最初からたっぷりと舌を絡められて、貪るようなキスに、わたしの心もぎゅっと震えた。

「レオルド」

「ああ、シェリル――」

見つめ合い、お互いの名前を呼び合い、そしてもう一度キスをする。

薄暗い部屋のなか。わたしたちはまだドアの前で抱き合ったまま、奥に進もうともしない。

こうやって抱き合って、口づけを交わすだけで、身体の奥からとろとろとした蜜が溢れてくるのがわかった。

わたしのなかは空っぽで、もう、魔力消費の副作用が出ようとしている。

ううん、それだけじゃない。今日、いろんなことがありすぎたから、彼の存在を感じたかったんだ。

みんながいて、レオルドも笑ってくれたから、わたしだって笑っていられた。

でも、あとになって、攫われたときの恐怖が蘇ってくる。

だからもっと彼に触れていたくて、わたしはたくさん力を込めて彼に抱きついた。

「ねえ、レオルド」

「ん？　どうした、シェリル？」

「今日、いっぱい、して？」

「……っ」

わたしの言葉に、レオルドは驚いたように目を見張り、ごくりと唾をのみ込んだ。

ちらっと目が合ったのが恥ずかしくて、わたしは視線を逸らしてしまう。けれども彼は逃がしてくれなくて、わたしの頬を掴んだ。

「魔力、足りねえもんな？」

「それだけじゃない。わたし、もっと、レオルドを……」

そこまで言って、口を閉じる。

わたしの身体はすごく震えていて――どうやら彼も、それに気がついてくれていたみたいだった。

「ああ。そうだな。怖かったよな？　……あの野郎に、何か変なことされたか？」

「ううん。ちょっと、脅されただけ」

「なんつって？」

「えっと……」

言葉に詰まる。オスヴィンの言葉を忘れることはできない。でも、その内容を言ったら笑われそうな気がしてしまう。

レオルドは元騎士で、軍人で、その前だって戦いの最前線にいた人。だから、あんな脅しひとつに屈するわたしを、弱いなって苦笑いしそうで。

「なあ。なんて脅されたんだ？」

レオルドの目は真剣だった。さっきまでの甘い雰囲気はどこかに消えて、まるで人を殺さんばかりの眼光で睨みつける。

「…………るぞって」

彼の視線の先にはオスヴィンがいるのはわかっているけれど、その鋭さにぞくりとする。

「？」

わたしは、ぼそりとつぶやいた。けれども彼は、わたしの声が拾えなかったみたいで、ぎゅっと両方の手首を握りしめてくる。

「なんだって？」

「だから……黒い、色彩を見せないと、その」

「その？」

「キス、するぞ……って」

「んだとっ⁉」

両肩をぐっと掴まれて顔を寄せられる。レオルドの眉間にはくっきりと皺(しわ)が寄っている。それは見たこともないほど焦燥(しょうそう)感溢(あふ)れる表情だった。

「されたのかっ」

「されてないっ、されてないよっ」

「他には⁉」

「った！　痛いよ、レオルドっ」

「⁉　あ……悪(わり)ぃ……」

彼は余裕がなかったらしく、表情をくしゃりと歪(ゆが)めた。

互いにひと呼吸する。大丈夫だからとわたしはレオルドに抱きついて、背中に腕を回した。

「えっと。オスヴィンはね？　わたしは好みじゃないからって。本当に、脅(おど)しに、使っただけ」

「にゃろう……もっとしっかりシメときゃよかったぜ」

ギリギリと歯を噛みしめるレオルドに、わたしは安堵(あんど)の息を漏らした。

「いいの、レオルド。怒ってくれてありがとう。……そんなことでって、笑われちゃうかと思った」

「アア？」

わたしの言葉に、レオルドは再び眉根を寄せる。

「笑うわけ、ねえだろ」

彼はそう言って、わたしの唇をぐいと、親指でなぞった。

まもなく唇が落ちてきて、何度も何度もかぶりつくようなキスをされる。

舌を、唾液を絡め合うと、くちゅ、と甘い音が聞こえて、わたしはそのキスに夢中になる。

「お前の唇は、オレ以外、誰も知らなくていい」

「ん……」

「この先、ずっとだ」

話す余裕なんて与えてくれない。

離れたのは一瞬で、再び唇を奪われると、彼はわたしのブラウスのボタンを外しはじめる。

すっかり慣れた様子で服を剥(は)ぎ取られ、彼もまた、自分のシャツのボタンを外す。バサリと適当に自分の服を脱ぎ、そのまま彼は、わたしを抱きかかえて部屋の奥へと進んでいく。

「先に風呂と思ってたが――」

わたしが下ろされたのは、今まで泊まったどの宿よりも立派なベッドの上だった。

「あ、レオルド……」

レースのカーテンの合間から月明かりが注(そそ)ぐ、幻想的な空間。そんな薄明かりのなか、彼はじっとわたしを見下ろしていた。

目が合う。

暗がりのなかでわたしを見下ろす彼の目は、じっとりとした熱を孕(はら)んでいた。

「お前に、わからせないといけなくなったからな」

「何を……」

「いくら当の本人でも、自分のキスをさ、そんなことなんて言うな」

もう、何度目になるのだろう。呼吸する暇も与えないほど、荒々しいキスをされる。

「ん……」

スカートもショーツも剥ぎ取られ、ふたり、脚を絡め合う。

いつもなら彼のいたずらな手は、わたしのあちこちに触れているはずなのに、この日はずっとわたしの頬を掴んだままだった。

「本当に。あんな野郎に奪われなくて、よかったよ」

「レオルド……」

「どんな状況になっても、何と引き替えになっても、お前はお前自身を安売りしないでくれ」

わたしが頷くと、レオルドは真剣に続ける。

「絶対、何があっても、助けにいくから。ちゃんと見てたろ？　オレ、結構強いんだぜ？　……いや。そもそもお前を奪われるなって話だが。今度から、最初からちゃんと護るから」

「……うん」

もう一度頷くと、レオルドは、ぐっと目と鼻の先に、顔を寄せてきた。

「愛してるよ」

「………うん。わたしも、きっと、愛してる、んだと思う」

わたしがやっと答えると、レオルドは慌てたように視線を動かす。

「待て待て。なんで『思う』ってつくんだよ」

「だって」

嬉しくて、泣きそうで、気恥ずかしくて、笑う。

彼の言葉のひとつひとつがわたしにはかけがえのない宝物で、こんなにもまっすぐ気持ちを向けてもらえることがいまだに夢のようで、ふわふわしてしまう。

でも、嘘じゃない。それがわかるからこそ、よけいに胸が熱くなるんだ。

「わたし、こんな気持ち、はじめてで。これが愛してるってことなのかなって、また、ふわふわして――」

「愛してるんだよ。愛してるにしとけよ、そこは」

「愛してる」

わたしが言い切ると、レオルドはこのうえなく嬉しそうに破顔した。

「くくっ、ありがとよ。これからもずっと、ちゃんと、愛しとけ」

「うん」

ふふふ、って顔を寄せて笑い合う。

やっぱりわたしたちは締まらない。けど、それがなんだかいつもどおりでほっとする。

ふたりで抱き合って、また、たっぷりキスをする。身体はもう火照っていて、触れられてもいないのに、わたしの奥はきゅんとして、たっぷり蜜を含んでいるのがわかった。

彼の目も熱っぽくって、わたしのお腹に当たっているものが大きくなっている。

焼きつくような熱さのそれは、圧倒的な存在感を持っていて、わたしもそれを待ってる。

レオルドはそれをわたしのお腹に擦(こす)りつけて、目を細めた。

「いっぱい、ほしいんだろ？」

「うん、挿れて？」

「まだ全然いじってねえぞ？」

「だって、もう、待てない……」

「好きだな」

「レオルドも、でしょ？」

言わなくても彼もわかっているみたいだった。すぐにでもわたしは受け入れられる状態になってるってこと。

彼は長い指でたっぷりとこぼれ落ちる蜜を掬(すく)っては、自分のモノに塗りたくる。

そのまま彼の先っちょをあてがわれたとき、湿気を帯びた蜜口がひくひくと動いた。

「今日のお前、すげえエロい」

「だって、今日は……」

「ん。わかってるよ。オレも同じだ。全然、我慢なんかできねえ」

目を細める彼の色気に当てられて、くらくらする。

うっとりしながら彼の首に腕を回し、彼の身体を引き寄せた。

「して？」

「ん。挿れるぞ？」

「うん」

わたしから彼にキスをする。

熱いまなざしが返ってきて、期待とドキドキで、わたしは自分のナカからさらに蜜が溢れるのを感じていた。

彼が腰に力を入れる。ぐ、と圧倒的な質量を持った熱棒が、わたしのナカに挿入ってくる。その大きな存在感に恍惚としながら、わたしは彼を抱きしめる腕に力を込めた。

ぎりぎりと隘路をこじ開けて、彼がわたしの奥まで到達する。

ちゃんと繋がるのは、実はこれで二回目。はじめてレオルドと繋がった日のあとは、慰めてはもらってはいたけれど、ちゃんと繋がる余裕なんてなかったから。

「あ、あ、あ……あ」

たまらなくて、声をあげる。

たっぷりと甘さを含んだその声に、レオルドも満足そうに口の端を上げた。

「ん……ああ、いい。お前のナカ」

「すごい……すごいね。レオルド」

「そうだな。シェリル、今日は、たっぷり気持ちよくしてやるから」

「うん……愛してる」

「ああ、オレもだ」

彼がゆるゆると腰を動かしはじめる。すると、わたしの身体は熱く火照り、意識がとろとろとした波のなかへと誘われてゆく。

彼がわたしの髪をなで、その束を掬ってキスを落とす。

「今日のお前、綺麗だよ。この色も――もう隠さなくていいよ。オレが護ってやるから」

彼の言葉に、気がつけば眦から涙がこぼれ落ちていた。

隠さなくていい。黒き神の祝福を。生まれ出でたときに授かった色彩を。

そんなことを言ってくれるのは、世界でたったひとりだけ。そのたったひとりと出会えて、愛し合っていることが、こんなにも嬉しい。

「それとも、家族と一緒の色がいいのか？」

「…………」

感極まって、言葉を紡げずにいると、彼はわたしの鼻の先をつつく。

「このそばかすがありゃ、十分だろ。色が違っても、お前、親父さんとそっくりだったよ」

「……どっちかって言うと、お母さまに、似たかったの」

「くっく！　そりゃあ、親父さんには言ってやるなよ」

笑い合いながら、絡み合いながら、たっぷりとキスを繰り返す。

ようやく彼の唇がわたしの身体にも落ちてきて、大きな手のひらがわたしの胸に触れる。

くり、くりと頂きを摘まみながら捏ねられると、ぴりぴりと肌全体が敏感になって、たくさんの快楽を拾いはじめた。

ぱちゅ、ぱちゅ。ぱちゅ、ぱちゅ。

彼が腰を打ちつけるたびに、淫靡な水音が部屋全体に響く。

わたしのナカはもうとろとろに蕩けていて、もっと彼がほしくてたまらない。

気がつけばわたしも腰をゆるゆると振っていて、彼を求めてやまなかった。

「ああ……クソ。締めつけやがって」

レオルドが甘い息を漏らす。

苦しそうに眉根を寄せた彼の額から、ぽたりと汗がこぼれ落ちた。

「オレだって今日は我慢がきかねえ日なんだからな？」

わたしだって、余裕なんて全然ない。彼にもっと強く抱きしめてほしくて、求めるように強く頬を擦りつける。

「レオルド、もっと……」

「ああ。わかってる」

彼はゆっくりと自身のものをギリギリまで引き抜いたかと思うと、今度は一気に奥まで打ちつけた。

「！」

強すぎる衝撃に、わたしの身体が仰け反る。

「ほら、シェリル。もっと感じろ」

さらにもう一度。彼はずるずると自身を引き抜き、再度激しく突き立てる。そうして、わたしの反応を見ながら、何度も、何度も。

その強すぎる刺激が快楽に変わるのはすぐだった。

ばつ、ばつ、と肌がぶつかるたびに、わたしの身体は歓喜に震える。

「っ、レオルド、はげし、い……っ」

「ああ。お前と繋がってると思うと——くっ」

わたしだけじゃない。レオルドまで、息が荒くて、なんだか苦しそうで。

「——クソ、オレ、早漏じゃねえはずなのに」

悔しそうに顔を歪ませて、それでも彼は、ごり、とわたしの奥を穿った。

「ヤベエ。お前のナカ、気持ちよすぎる」

そう甘い息を漏らしながら、彼はますます腰を打ちつけてくる。

前後に腰を振ったかと思うと、今度はナカをかき混ぜるようにして、円を描く。それから、子宮の入り口に彼の剛直を押しつけるように、ぐりぐりと直接刺激を与えられた。

「あっ……ああっ、れ、おっ」

「わかってきた。ここ、だろ？　お前、ここがいいんだろ？　ほら」

「あ、あああ、あ……！」

強引に奥の奥に彼のものを押しつけるように穿たれ、わたしは嬌声をあげる。

「あー、ヤベ。くそ、……オレのがもたねえな」

レオルドも自嘲気味に笑って、さらに腰を速めた。

「すまねえな。お前がよすぎて、イッちまいそうだ。——ほら、一回、付き合え」

彼の抽送がますます激しくなった。

彼のモノが奥にぶつかるたびに、わたしの身体も大きく震える。

今日はいつもよりずっと身体が敏感になっていて、彼の思うがまま快楽が引き出される。たちまちぴりぴりと身体の奥から波が押し寄せ、わたしの全身を駆け巡った。

レオルドも苦しげに息を吐き、わたしの手をベッドに縫いつけるように握りしめて。

「クッ……だめだ、出るっ」

ぽたり、と、彼の汗がわたしの肌に落ちた。

「あっ、あああン……んんっ」

「ンッ」

意識が弾けると同時に、彼のものが大きく脈打つのがわかった。

彼はわたしのナカで容赦なく精を吐き出し、おさまりきらなかった白濁が、こぽりとこぼれ落ちていく。愛液と混じり合ったそれが腿を伝い、やがてシーツを汚した。

「ふっ……ん、ふぅ…ふぅ……」

まだわたしの身体はびくびくと震えていて、同じように、彼もまたわたしの上にのし掛かるようにしてベッドに雪崩れ込む。

彼の胸に頭を押しつけられると、彼の心臓がばくばくと暴れているのがわかった。

たくましい彼の身体はじっとりと汗ばみ、呼吸も荒い。

まだ繋がったままの場所は、緩やかだけど、どくどくと脈打っているようだ。

「ハァ……ハァ……シェリル。すげえな。すげえ、お前のナカ、びくびくしてっぞ……」

「は、はァ……レオルド……」

「だが、足りねえ、だろ？　もっと、動く」

「あっ、あっ……」

レオルドは容赦なく、再び腰を動かしはじめる。

果てたばかりでまともに言葉が紡げなくて、わたしはレオルドのなすがままだった。

あんなにたくさん出したのに、レオルドはすぐに元気になってしまう。彼は抜かずにそのままするのが好きみたいで、そんな荒々しさにのまれるのが、わたしもなんだか好きみたい。

「体位、変えるか」

「あっ――」

ぐいっと背中を持ち上げられて、繋がったまま身体を起こされる。

「バック……は、やめとくか。顔、見えるほうがいいもんな？」

「んっ。うん。うん……顔が見えないのは、やだ」

「オレもだ」

彼は頷くと、向かい合ったままわたしを自身の膝(ひざ)の上に跨(また)がらせる。そして下から突き上げるように動いた。

ごり、と、いつもと違う場所に強く当たって、わたしは嬌声をあげる。

「あ、あぁ……」

「ちゃんとしがみついてろよ？」

そう言いながら彼が与える強すぎる刺激に、わたしの身体はばらばらになってしまいそうだった。

「レオルド、ね、わた、わたし……っ」

「ん？　どうした？　イイのか？」

「ん……んぅっ……」

こくこくと頷きながら、必死でしがみつく。

「ここがイイのか。じゃ、もっと可愛がってやらねえと、な？」

ごつごつと、奥の奥をかき混ぜられ、わたしは何度も高い声を出す。一度果てた身体は恐ろしいほど快楽に敏感になっていて、彼が動くたびに、またイッてしまいそうだった。

「お前のイイトコ。全部教えろ。ほら、もっと声、聞かせてくれ」

「ん。きもち、い……っ。すき。あいして、る、レオルド――」

彼に強く縋りつきながら、わたしは必死に訴えた。

「やべ、可愛い」

彼は悔しそうにつぶやいてから、何度もわたしを突き上げる。

髪を梳かれ、そこに口づけが落とされる。その次は、額に。そして頬に。

「ほら。今度は唇、な？」

ちゅうと喰むようなキスを何度も。

でも、それだけじゃ我慢できなくなって、わたしは唇を開く。

我慢できなかったのはわたしだけじゃないらしい。

彼も性急に舌を絡め取り、やがてぐちゅぐちゅとわたしの口内を犯していく。同時に下の口もかき混ぜられ、淫靡な水音が部屋に響いた。

「イイ顔。もう、とろっとろだな？　はぁ……ほんと、綺麗だわ、お前」

そう言いながら彼は、まだ足りないと、身体のあちこちにキスをくれる。

もらうだけじゃもどかしくて、わたしも、自分から彼にキスを落とした。

「すき。あいしてる」

少しでも、この気持ちが彼に伝わりますように。——そう祈りながら。

「今までのお前も、可愛かったけどよ。今のお前は、すげえ、色っぽい」

満足そうに笑う彼の表情だって、とても素敵で。なんだかもう、溶けてしまいそうだった。

レオルドにしがみつきながら、彼のくれる快楽に身を任せる。世界にはわたしと彼のふたりだけで、このまま、どこかにいっちゃいそうな心地すらした。

「こっち、見て。ほら、目。すげえな、マジで。宝石、みてえ」

彼の親指が眦に触れる。

目を合わせると、蕩けるようなその視線に、わたしの身体も、心も、ぐずぐずになっていった。

「シェリル」

「ん、レオルド……」

「お前には、負けたよ」

突然何を言い出すのかと、ぼんやりと思う。

「お前は、オレの魔法を解放してくれて、オレを自由にしてくれたけどよ」

真剣そうな話のなか、ごり、と奥を穿（うが）たれ、わたしは仰（の）け反った。

でも、彼は離すまいとぎゅうぎゅう抱きしめてくれる。わたしは彼に身体を預け、彼のなすがまま。

「オレは、オレの意志で、お前の隣にいるよ。フォ＝レナーゼに帰ってもずっと」

「んっ……れ、おるど……」

「お前の勝ち。完膚（かんぷ）なきまでに、叩きのめされたよ」

「れお、レオ……っ」

「愛してる」

ほしかった言葉をくれた彼は、再び動きを激しくした。

見つめ合って、キスをしたまま、彼のモノが大きく脈打つのをわたしも感じていた。

彼の熱はわたしの意識すらも全部、根こそぎ支配する。

わたしは自分自身が果てるのも感じながら、愛（いと）しい彼の腕のなかで、ずっと幸せに包まれていた。

最終章　ねえ、レオルド　わたしたち、まいにち笑っていられるね

その日、フォ＝レナーゼのアルメニオ商会は上層部から末端の営業まで総出で走り回っていた。

各国からぞくぞくとお客さまが集まり、お祝いにかこつけて商談も持ち込んでくる。

明日は国を挙げての祝いになるからと大勢の人に言われている。けれど、こうやって商人の娘として客人への対応にあけくれていると、明日は誰の結婚式だったのかなって不思議になった。

それだけ、わたしたちの結婚式が注目されてるってことなんだけどさ。アルメニオ商会、ちょっと商魂たくましすぎない？

でも、ほんっと、今日まであっという間だった。

レオルドを連れてフォ＝レナーゼに戻ってきてから、気がつけばもう半年が過ぎてたのよね。

一日も待てないと主張したレオルドと、いやいや一年は準備に時間をかけようと主張したお父さまとの対立はなかなかのものだった。

結果的に、間をとってね？　ちゃんと準備ができる最速で、なおかつ、冬になる前にってことで。

紅葉（もみじ）も色づき、色彩豊かなこの季節。明日はいよいよ、レオルドとの結婚式となった。

おかげさまでこの半年、すっごく忙しかった。

レオルドは手っ取り早くお金を稼ごうと、国の依頼で出払っていてさ。なんと、今まで誰にも退

治できなくて、防衛のためにずっと国家予算を割いていた海の大型モンスターをとうとう討伐しちゃったんだよね。

おかげさまでレオルドってば、フォ＝レナーゼでもさっそく英雄あつかい。

一方、わたしはこっちに残って結婚式の手配でばったばたしてた。

で、レオルドが戻ったら戻ったで——ほら、たくさん魔力を使わせちゃってたわけじゃない？

討伐してから家に帰ってくるまでの食事を高魔力保有植物（アイテール・ディエト）にしなきゃならなかったことが相当つらかったらしくてさ……時間がないにもかかわらず、彼が戻るなり数日間わたしは閉じ込められっぱなしになったり、そのことでお父さまとレオルドが後日言い争いになったり、落ち着いたと思ったら今度は陸のモンスター狩りにレオルドが駆り出されちゃったり、彼がお家にいる時間は彼も一緒に結婚式の支度を進めたり——バタバタしっぱなしだった。

アルメニオ家ってもともとかなりおしゃべりな家族が多いんだけどさ、レオルドがそこに加わることで、もっと賑（にぎ）やかになった。

あ。そうそう。——わたしがシェリル・ヘルゲンになるわけじゃなくてね？　レオルドが、レオルド・アルメニオになるって、ちゃんとふたりで決めた。

……彼自身、実家との関係は少し複雑だったみたいで。家名にもあまりいい思い出がなかったみたいだから、レオルドのほうから提案してくれたんだよね。

レオルドがアルメニオ家に入るっていっても、お家はこれからゆっくり、離れに新しく建てるつもり。えへへ、ちょっと、照れるね？

そんなわけで、アルメニオ家には〈結び〉の魔法使いだけじゃなくて〈赤獅子〉っていう最強の武器まで加わった。結果、ますます他家の注目を浴びることになり。

大げさでも何でもなく、国を挙げての大きな結婚式になっちゃってて。

しかも準備期間が半年だから、てんやわんやの大騒ぎ。

でも、実行力だけはあり余っているわが家だからさ、なんとかなってしまっていて、実家ながらさすがだねって感じで……

というわけで、結婚式の前日である今日は、昼間からパーティ状態なの。

なんだか街の人たちも運営を手伝ってくれて、ホント、ただのお祭り状態。

当然、わたしだって挨拶まわりで大忙しだったはずなんだけどね？

——この状況は、あまりにおかしい。

「ちょ、ちょっと……レオルド！」

なんでわたしったら、今、レオルドに抱きかかえられて、空を跳躍しているのかな⁉

さっきまでレオルドとふたり、ガーデンパーティの会場で、一席一席挨拶にまわってたんだよ？

ただ、おおよそ一周したところで、レオルドがお腹いっぱいになったって言い出してさ……そのまま会場で大立ち回り。ちょっとだけ結婚前の恋人との時間をくれって、彼にしてはありえないくらい甘いセリフを残して魔力解放。そのまま会場からぴょーん、ってひとっ飛びってわけだ。

別に彼だって空を飛べるわけじゃないんだけどね。ただ、魔力を乗せた跳躍力がすごいだけで。

屋根から屋根へ、すっごい筋肉のくせに羽があるような軽いステップで跳躍しては、港に面した大きな街を縦断していく。

青空にふたり、鳥のように渡っていくわたしたちを見つけた街の人は、指さして声をあげる。

「あはは、あのふたり、また屋根を走ってら」

「おめでとう！　一日早いけど、お幸せに！」

わたしたちの結婚はおおむねこの街の人に祝福されていて、しかも、街のためにモンスター狩りに走りまわっているレオルドも、みんなに好意的に受け入れられていた。

……たまーに、幼馴染みの大店の息子さんとかお父さまのご友人とか、その息子さんが我が家に来ては、レオルドとやいやい言い争いしてるみたいなんだけどね？

でもまあ、そこはレオルド、どこ吹く風。

「ありがとよっ！　明日の式には、みんな、来てくれよな！」

レオルドも手を振って返すものだから、みんな、大騒ぎだ。

明日の式は中央公園を借り切って、街の人たちも自由に食事ができるパーティもするらしいから、今からみんながうきうきしているのがよくわかる。

そんなお金、どこから用意するの？　って聞いたら、レオルドがもう貯めたらしい。

『人手の用意はアルメニオ家の力を借りるけど、資金は心配するな』って頼もしすぎることを言ってくれて、なんていうか……レオルドって、わたしのために力を出し惜しみしないっていうか、苦労を苦労と思わないっていうか……器が大きすぎて、戸惑ってしまう。

彼とフォ＝レナーゼに帰ってきてから、知らなかった部分がどんどん見つかって、ますます魅力的に感じてしまっていた。

今だって、あんな形で堂々とサボッてパーティ会場から出てきてしまっているのに、この強引さにドキドキしてるんだもん。昔のわたしだったら絶対できなかったよ、こんな大胆なこと。

彼はどんどん跳躍し、入り江に沿った街を北へ移動する。

北の崖の上には灯台があって、街全体を見下ろすことができる絶景スポットだ。

以前わたしがこの場所を気に入ってるって伝えたときから、彼がたまにとれるお休みに連れてきてくれる、定番の場所。

レオルドは軽いステップで、最後の一歩を跳んだ。

そして彼はゆっくりわたしをその場に下ろすと、ふたり並んで、下に広がる街の様子を眺める。

緑の生い茂る崖の上。秋らしい心地よい風が流れ、紅葉がぱらぱらと散っていく。

オレンジや黄色に彩られた街は、海の青と相まって、まるで可愛い宝石箱のようだった。

入り江にはぐるりと船が停まっていて、豆粒のような人々が忙しなく動き回っている様子がよく見える。働き者が多くて、活気のあるこの街、この国が、わたしは大好きだ。

「いい天気ね」

「ああ。……っと、あんま、前出るなよ」

もっと景色が見たいからって、ふらふらと崖のほうへと寄っていってしまっていたらしく、レオルドに手を掴まれる。その手に引っ張られて振り返った。

ハーフアップにしていた黒い髪が風に流れる。わたしが片手で髪をかき上げていると、いつもと違ってかっちりとした印象の彼が、ふと、その場で片膝をついた。

「レオルド？」

わたしが名前を呼ぶと、彼は掴んだままのわたしの手をそっと引き寄せる。

そのまま手の甲に触れるだけのキスをして、彼はそっと見上げてきた。

どくどくと、心臓が早鐘を打つ。

だって、こんなの。こんな、まるで、本当の騎士さまみたいなこと、今まで一度だってしてくれたことなかったんだもの。

「シェリル」

「……」

「シェリル・アルメニオ？」

「は、はい」

名前を呼ばれたけど、どう反応したらいいのかわからなくて、わたしは馬鹿みたいに頷くことしかできない。ぱちぱちぱちって瞬くと、レオルドの目がくしゃりと細められる。

「ちゃんとしておかねえと、とは思ってたんだ。今日までバタバタしちまったからな」

「えっと──何を？」

もしかして。って、想いはある。

だって、これ。このシチュエーション。女の子なら、一度や二度は夢見てる。

「シェリル」

もう一度、彼は、わたしの手の甲にキスを落とす。

そして、わたしを見上げて、真剣な表情で彼は乞う。

「オレは、適当な人間だが、これだけは、ケジメをつけとこうと思ってよ」

「……」

「だから、シェリル。お前も、ちゃんと聞かせてくれ。オレと、このまま、添い遂げてくれるか？」

突然のプロポーズに、わたしは何度も瞬いた。

心臓がうるさい。だって、なんで今さら？　これは夢なのかな？

これまでふたりで準備してきて、今日なんか、お客さまへのご挨拶までしたんだよ？

明日は結婚式なんだよ？　わかってる？　レオルド、どうして？　どうして今？

混乱するわたしをよそに、レオルドはもう一度訊く。

「結婚してくれるよなって、聞いてるんだ」

「……えっと。今、それを？」

わたしが素直に問い返すと、彼は首を縦に振った。

「ああ。だってお前。気持ちは……その、伝えてきたつもりだけどよ」

「うん」

「…………だろ？」

「え？」

レオルドの声が小さくて、わたしを首をかしげる。

羞恥でふと視線を逸らした彼は、耳まで真っ赤になってしまっている。

「お前、こういうおとぎ話みたいなの、好きだろ？　なし崩しにとかじゃなくて。だから、オレは」

「あ、あの、レオルド？」

要領を得ない言葉にますます困惑していると、レオルドは我慢ならないというように声をあげた。

「だあああ、せっかく！　こっちが空気読んで、お前の好みをだなっ。実現してっ！　――で？

どうする？　受ける？　受けるよな!?」

「受けるけど」

「っし！　クソはずい！」

流れで返事した瞬間抱き上げられて、わたしの身体は簡単に天へとかかげられる。

レオルドを見下ろす形でまたぱちぱちと瞬くと、すぐに抱きかかえられ、彼はそっぽを向いた。

「真面目なプロポーズ、終わりだ。戻るぞっ」

「えっ、ヤダ。待って！　もったいない」

「んだよ。オレの気遣いをまったく理解しなかったくせに！」

「だって、レオルドが本当の騎士さまみたいだったんだもん！　だから夢かなあって」

「るせえ、これでも元騎士だ！」

「突然雰囲気変わるから、頭がついていかなくて。もっかい！　もう一回！」

「できるか、はずいわ」

「素敵だったから、ね？　お願い」

わたしが見つめても、レオルドは顔を赤くしたまま目を逸らす。

まったく……人前でわたしにちゅっちゅしたり、堂々と恋人宣言したり、この街の男の人を牽制するのは平気なんだよ、この人？

なのにね。こうやって、初々しい恋人たちがするようなことは、ちょっと恥ずかしいみたい。

それを押して、プロポーズしてくれたんだよね？

わたしが、ロマンチックなのが好きだって、覚えていてくれたから？

気恥ずかしさと嬉しさがいっぱい溢れてきて、なんだか頬が熱い。

お互い真っ赤になっているのはレオルドだって気がついているはず。

そのうえで、レオルドはわたしの気持ちを汲んで、もう一度訊ねてくれる。

「――わかったよ。シェリル？　オレの、嫁になってくれるよな？」

もちろん答えは決まってる。

「ええ、よろこんで。わたしも、あなたと生きていきたい」

そうしてわたしたちは唇を重ね合う。

色とりどりの葉が風に揺れ、あたたかな陽気のよき日に、わたしたちは永遠の愛を誓い合った。

そして――

さら、と光沢のある白い生地に触れて、わたしは言葉にできない気持ちをもてあましていた。

今でもまだふわふわしてる。姿見に映る自分が本当にわたしなのかなって、不思議に思う。

きっちりまとめてアップにされた真っ黒な髪に、小ぶりな花の形をしたティアラが輝く。ロングベールは足もとまでまっすぐ伸びて、繊細なレースがふわりと広がった。

いつもは可愛い印象のお洋服を選ぶことが多いのに、今日、この日ばかりは、わたしはいつもよりもずっと大人っぽい、シャープなシルエットのドレスを身にまとっていた。

（ウエディングドレス……ホントに着てるんだ、わたし）

最初は可愛らしいふわっとした形のほうがいいかなって思ってたんだけど、今の目と髪の色ならきっと大人っぽいものが似合うって勧められて。

ただ、ちょっとだけ不安で、似合う？　って聞いたら、みんなとても嬉しそうに頷いてくれたから、わたしもなんだか嬉しくて。

何度も自分の姿を確認するわたしの背中に、声がかけられた。

「やっぱり私の子ね。シンプルなドレスがよく似合うわ」

「お母さま」

振り返ると、お母さまがにっこり微笑んでくれる。

その眦には少しだけ涙が滲んでいたけれど、化粧を落とすまいとハンカチで拭っていた。

「美しい髪ねえ。白いドレスによく映えて、とっても綺麗よ？　黒い髪のあなたを護ってくれる殿方に会えて、本当によかったわね？」

「はい、お母さま」

長身のお母さまはわたしと違ってスレンダーなラインのドレスが似合う。でも、髪の色が変わったことで、わたしだってお母さまと同じような装いが少しは似合うようになったみたい。
それがとても嬉しかった。

「それにしても、綺麗ですねえ」

「本当に、お嬢さま——あ、もう、お嬢さまとは呼べませんよね」

アンナをはじめとした付き人や使用人たちも、キャッキャと騒ぐ。

「シェリルさま、このたびは本当に、おめでとうございます」

アンナが改まって言ってくるから、なんだかわたしまでもらい泣きしそうになってしまった。けれども、今は泣いちゃだめ。もともと涙もろくはないんだけど、やっぱり今日は特別な日。うっかりってこともあるかもだからって、お母さまにもみんなにも、よくよく言い聞かせられた。

「エマさま、皆さまが——」

「あらいけない。すっかり待たせているわね」

外からやってきた使用人の急かすような報告に、お母さまはハッとする。

この控えの間で、あんまりのんびりしているわけにもいかないみたい。

お母さまが目配せすると、みんながわたしの周囲を取り囲む。そしてわたしのたっぷりと布を使ったドレスの裾を持ち上げてくれた。

みんなに手伝ってもらいながら、ゆっくりとした足どりで部屋の外に出る。男性陣はもう一つの控え室で待っているみたいで、わたしたちはそっと廊下を歩いて、そちらへに向かった。

窓の外からは賑やかな楽器の音色が届いてきていて、ほんとにお祭り騒ぎになってるんだなって実感する。その明るい音色を聞きながら、わたしはきゅっと、白い手袋を嵌めた手を胸元で握りしめた。

彼がいるのはきっとあのドアの向こう。

大丈夫かな、気に入ってくれるかなって……さすがに馬鹿にして笑ったりしないのはわかってるけど、胸のドキドキはおさまらない。

――ギィ、と重たいドアが開かれる。

親族の男性がみんなそこでくつろいでいて――淡い茶色の髪の男性陣のなかで、ひとりだけ赤銅色の髪をした長身の男の人が目に入った。

わたしのお兄さまたちと談笑していたその人は、今日はいつもの適当な感じじゃなくて、とびっきり綺麗に支度していて――なんだか、本当の騎士さまみたいに見えるから不思議。

髪の毛はきっちりとオールバックにして、白のモーニングをかっちりと着こなして。その衣装も、彼の長身にとても似合っている。

目が合うなり、彼は驚いたように目を見張る。

じっと見つめられるのが気恥ずかしくなって、わたしのほうがつい視線を逸らしてしまった。

「シェリル！　見違えたぞ！」

「すごいな。ちゃんと花嫁だ」

「わが家のお転婆がなあ！　変わるものだなあ」

お父さまやお兄さまたちがわいわいとこちらに歩いてくるけれど、それを周囲の人が止める。

そのおかげで、わたしとレオルドの間に空間ができて、人垣が花道のようになった。

とすとすと、レオルドが近づいてくるのがわかる。

気恥ずかしさのあまり逃げたくなったけれど、そうはいかない。歩くのを助けてくれていたアンナたちがさっと離れてしまったからね。

「えっ、あっ、ちょ、みんな……！」

ひとりでは簡単に身動きがとれなくて、わたしは慌てるけれど、レオルドは遠慮なくこちらに歩み寄ってきた。

「逃げんなよ、シェリル」

「あ……うー、レオルド」

みんなわいわいと賑やかだ。けれど、レオルドの声だけが、妙にはっきりと耳に届いた。

「綺麗だ」

——綺麗。それは、わたしがずっとほしかった言葉。

(ほんとに？)

幼い頃から憧れだった、大好きな初恋の人の花嫁になる。

純白のドレスを着て、彼に見てもらって喜んでほしい。

そんな、まるで少女みたいな夢が叶って、胸の奥がぐっと熱くなった。

「シェリル、ほら、こっち向けよ」

「ん……うん」

頷きつつもなかなかレオルドを直視できないわたしに、彼の声が降ってくる。

「照れてるのか？　あんまり可愛い顔するなよ。野郎どもがこぞって鼻の下伸ばしやがるから」

「もう……レオルドったら」

「でもまあ、誰にもやらねえけどな」

レオルドがわたしの目の前に立った。

影が落ちてきて見上げると、口を引き結んだ彼がじっとわたしを見下ろしていた。

「誓いのキスをするのはまだ早いぞー！」

お兄さまがはやし立ててくる。

「わかってるもん、今キスしたら、せっかくのお化粧が台無しになるもんね？」

わたしが確認するように言ってみたら、彼はビクッて肩を震わせた。

「そうだったな……やべえ、やべえ」

「もう、レオルドったら」

「あー……ちょ、ちょっと。な、シェリル」

呆(あき)れて肩をすくめるわたしに、レオルドは何かを言いたそうにしている。

彼はそっとわたしの手を引いて、みんなに背を向けさせた。誰にも顔を見られない角度に方向を変えて、わたしの耳元で囁(ささや)く。

「それ。そのドレス。式が終わったら、もう着る予定、ねえ？」

「え、うん」

意図がわからないながらも、わたしは首を縦に振る。レオルドはさらに真剣な顔で続けた。

「夜。もっかい、着ねえ？　今だけだろ？　もったいねえじゃねえか。なっ。もっかい着ようぜ？」

「……っ！　馬鹿っ!!」

カッと顔に熱を上らせたわたしを、彼は気にした素振りもなくニヤリと笑う。

「すげえ、そそる。すげえ、いいから」

「馬鹿馬鹿馬鹿っ、もう、馬鹿っ!!」

ついつい大声出しちゃって、みんなの注目が一気に集まる。

だってさあ！　こんなときになんてこと言うのかな！　いくら小声だっていっても、なにもみんながいるときに、そんな恥ずかしいこと言わなくていいじゃない。

わたしがそっぽを向くと、ふと、お父さまと目が合った。

ああ……何かを悟ったんだね。お父さまってば、滂沱の涙。

いやもうなんか、本当に、ごめんなさい。

「皆さま、そろそろお時間です」

よりにもよってこのタイミングで、事情を知らないキースが呼びに来る。そして、わたしたちを見た瞬間、彼は怪訝な顔になった。

レオルドもレオルドで「あー」ってひとことつぶやいて固まったものだから、一体どうしたのかなと彼の顔をのぞき込む。彼の視線が、足もとのほう――ううん、下半身に落ちていた。

「あ」

当然、わたしだって気がついちゃう。

下半身が何やら苦しそうに、ちょっと、もっこりしてるよね？

「……レオルド」

「おう」

「今すぐ、お手洗い、行ってきて」

「……………だな」

ついつい額をおさえたくなっちゃうのは仕方がないと思う。

はあぁ、とため息をついてレオルドを見上げると、彼はカラカラ笑っていた。

「まあ、これがお前の旦那になる男だ。諦めろ」

「格好いいときは格好いいのに……」

「夜にもっと格好いいとこ見せてやるよ」

「わたしは今見たかったたな……見た目だけは格好いいのに」

そう苦情を入れると、彼はますます嬉しそうに笑って、わたしの肩を抱く。

いやいや、褒めてないんだけどね？

——で、彼はまた顔を寄せてきて、わたしの耳元で囁いた。

「でも、好きなんだろ？」

「当たり前じゃない」

「そーかよ」

素っ気なく返したので、レオルドはちょっと不満そうだ。

「……あと、夜はちゃんと別の、用意してるんだから」

って、彼にしか聞こえないような小さな声で言うと、彼は瞬(まばた)く。

そして彼は硬直してそのまましばらく考えたあと、わたしの耳たぶにキスをして、離れていった。

「つ……ちょ、レオルド！」

「お前が可愛いこと言うからだ。じゃ、あとでな」

手を振りながらそう言って、レオルドは先に控え室を出ていってしまう。

迎えに来たキースとやいやい言い争いながら向こうに行くのを、わたしはため息をついて見送った。

本当に、仕方のない人。でも、こんなことくらいで、レオルドはまったく動じない。

彼はなんだって簡単に笑い飛ばしてしまうんだ。

彼が見えなくなったあと、残されたわたしに、家族のみんなが笑いながら訊(たず)ねてくる。

「本当に、あの男でいいのかい？」

言葉に反して、その響きはあったかい。

だからわたしも、にっこり笑って堂々と宣言するんだ。

「――当たり前でしょ。シェリル・アルメニオにはレオルドが必要なの。だって、彼は、わたしのヒーローなんだから」

甘　く　淫　ら　な　恋　物　語

ノーチェブックス

すれ違いから始まる
溺愛ラブロマンス

女性不信の皇帝陛下は娶った妻にご執心

綾瀬（あやせ）ありる
イラスト：アオイ冬子

侯爵令嬢のルイーゼは、突如、元妻の不貞以降女性不信に陥っていると噂の皇帝エーレンフリートの再婚相手として指名される。せめて人として信頼を築ければ、とルイーゼが考える一方で、不覚にも彼女に一目惚れしてしまったエーレンフリートは空回るばかり。すれ違いながらもお互いを思いやり、二人は仲を深め始めるが……

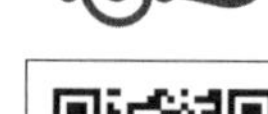

詳しくは公式サイトにてご確認ください

https://www.noche-books.com/

携帯サイトはこちらから！

この作品に対する皆様のご意見・ご感想をお待ちしております。

おハガキ・お手紙は以下の宛先にお送りください。

【宛先】

〒150-6008 東京都渋谷区恵比寿 4-20-3 恵比寿ｶﾞｰﾃﾞﾝﾌﾟﾚｲｽﾀﾜｰ 8F
（株）アルファポリス　書籍感想係

メールフォームでのご意見・ご感想は右のＱＲコードから、
あるいは以下のワードで検索をかけてください。

アルファポリス　書籍の感想 

ご感想はこちらから

本書は、「アルファポリス」（https://www.alphapolis.co.jp/）に掲載されていたものを、改題、改稿、加筆のうえ、書籍化したものです。

絶倫騎士さまが離してくれません！

浅岸 久（あざぎし きゅう）

2021年 12月 25日初版発行

編集－中山楓子・森順子
編集長－倉持真理
発行者－梶本雄介
発行所－株式会社アルファポリス
〒150-6008 東京都渋谷区恵比寿4-20-3 恵比寿ｶﾞｰﾃﾞﾝﾌﾟﾚｲｽﾀﾜｰ8F
TEL 03-6277-1601（営業） 03-6277-1602（編集）
URL https://www.alphapolis.co.jp/
発売元－株式会社星雲社（共同出版社・流通責任出版社）
〒112-0005 東京都文京区水道1-3-30
TEL 03-3868-3275
装丁イラスト－白崎小夜
装丁デザイン－AFTERGLOW
（レーベルフォーマットデザイン—ansyyqdesign）
印刷－図書印刷株式会社

価格はカバーに表示されてあります。

落丁乱丁の場合はアルファポリスまでご連絡ください。

送料は小社負担でお取り替えします。


ISBN978-4-434-29710-6 C0093